Monaco Schandis II

Weißwurschtparanoia

Alle in diesem Buch geschilderten Handlungen und Personen sind frei erfunden. Ähnlichkeiten mit lebenden oder verstorbenen Personen wären zufällig und nicht beabsichtigt.

Franklynn Stangelmeier

Monaco Schandis II

Weißwurschtparanoia

Ich bedanke ich mich für die Unterstützung von Simone Grönemeyer, Helmi Klugmann und Markus Hauzenberger, die als Versuchsleser und für ein Korrektorat zur Verfügung gestanden haben.

© *2015 Franklynn Stangelmeier*

Herstellung und Verlag: BoD – Books on Demand, Norderstedt
ISBN: 978-3-738610369

Dienstag, 10.August, 20.45 Uhr

Es war ein heißer Sommerabend am Dienstag, den 10. August, als die Schatten des bayerischen Himmels, die im Mondlicht über dem prominenten Vorort Münchens zogen, die Nacht beginnen ließen. Bettina Wortgeber lüftete nochmals das große weiße Haus, um die 36 Grad des Tages zu vertreiben, damit sie einen ruhigen entspannten Schlaf finden würde.
Danach ging sie hinaus in den Garten, zog sich aus und sprang in den Pool.
Das Grundstück war nicht einsehbar. Meterhohe Zypressen umrankten das gesamte Areal.
Sie fühlte sich, wie so oft, alleine. Ihr Mann, ein erfolgreicher Unternehmer befand sich wie meistens auf Dienstreise. Nachdem sie einige Runden geschwommen war kletterte sie hinaus und stellte sich unter die in Marmor gearbeitete Außendusche. Das warme Wasser spielte mit ihrer leicht gesprenkelten Haut und die Kühle der Nacht ließ sie frösteln. Wie ein kleiner Wasserfall plätscherte das Wasser über ihre wunderbaren, bestimmt sehr teuren Brüste. Sie streckte sich und fuhr sich dabei durch das nasse blonde Haar. Als sie das Wasser abstellte, griff sie nach dem bereitgelegten weißen Handtuch und trocknete sich ab. Als sie fertig war, schlüpfte sie in ihren Bademantel.

Mit eleganten Schritten schwebte sie über den Rasen zur Terrasse und ging zurück ins Haus, in welchem mittlerweile ein angenehmes Klima herrschte. In der Küche stand bereits eine Flasche Rotwein und ein Glas bereit. Dies griff sie und machte sich auf den Weg ins Schlafzimmer, wo sie sich dem Bademantel und dem Handtuch wieder entledigte und in die Seidenbettwäsche schlüpfte. Das Schlafzimmer war in einem Lavendelton gestrichen und das Bett glich einem Himmelbett, welches einen Umhang hatte. Dieser war wohl als Fliegenschutz gedacht. Gegenüber vom Bett hing ein großer Flachbildfernseher an der Wand, darunter stand eine Kommode, auf der ein Buch lag und ein Bild ihres Mannes stand.

Sie holte ihr Handy aus der Bademanteltasche und war gespannt, ob ihr Mann ihr vielleicht noch eine Nachricht hinterlassen hatte. Leider nicht.

Also schrieb sie ihm: *„Hallo mein Schatz, ich vermisse Dich, schlaf gut."*

Franz Xaver Wortgeber betrieb ein mittelständisches Unternehmen für Metzgereizubehör und war unter der Woche meist unterwegs. Aus diesem Grund erhielt er die Nachricht seiner Frau in Frankfurt.

Auch er holte sein Handy aus seinem Bademantel und schaute auf das Display, als ihn jemand aus dem Hintergrund rief: „Komm rein Süßer, wir warten auf Dich." Der Fabrikant schrieb seiner Frau schnell zurück *„Gute Nacht."*

Dann drehte er sich um und genoss den Anblick. Der angesagte FKK-Club Moonrise war ihm immer wieder eine willkommene Abwechslung. Alles wunderbare, nackte junge Frauen, die einem für einen gewissen Obulus den Tag verschönten. Er schnappte sich eine Flasche Schampus und stieg zu zwei Amazonen in den Whirlpool, die ihn auch zu verwöhnen begannen.

Leider ahnte seine Frau von alldem nichts und freute sich über die Antwort ihres Mannes. Sie nahm ihr Buch, schlüpfte unter die seidige Bettwäsche und begann zu lesen.

Einige Seiten und Schlucke Rotwein später senkte sich langsam ihr Arm mit dem Buch und sie schlief ein.

Der Wind spielte mit den weißen Gardinen des Schlafzimmers, als auf der Terrasse der Schatten eines Mannes zu sehen war.

Er war mit einer Shorts und T-Shirt bekleidet und hatte einen Rucksack dabei. Barfuß schlich er durch die offene Terrassentür ins Haus und sah sich um. Die Küche hatte er schnell gefunden. Dort legte er seinen Rucksack ab.

Um nicht bemerkt zu werden, bewegte er sich im Haus noch eleganter und suchte das Schlafzimmer. Bettina drehte sich um und streifte dabei ihre Bettdecke ab. Nachdem der Mann einige Zeit durch das Haus irrte, fand er das Schlafzimmer und sah Bettina nackt auf dem Bauch liegen. Er ging ganz langsam zu ihr ans Bett und bewegte seine Hände über ihr, so als wolle er sie streicheln.

Dies tat er in ausreichendem Abstand, gerade so nah, dass sie es nicht bemerken sollte. Nach einiger Zeit, nahm er einen Lippenstift aus der Hosentasche und malte ein Herz auf die Bettdecke. Dann ging er wieder in die Küche. Er zog Handschuhe an und nahm ein Weißbierglas, eine Weißwurst, ein Glas süßen Senf und eine Flasche Weißbier aus seinem Rucksack, griff sich einen Topf, der über dem Herd hing und füllte etwas Wasser hinein, dann erhitzte er die Weißwurst.

Als alles fertig war, malte er ein großes rotes Herz auf die Küchenplatte, nahm die Weißwurst mit etwas Senf, biss einmal ab und legte sie in die Mitte des Herzes. Nun schenkte er das Weißbier ein. Er stellte die Flasche zur angebissenen Weißwurst, nahm einen Schuck und stellte dann auch das Glas hinzu. Dann verschwand er genauso leise wie er kam.

Mittwoch, 11. August, 7.30 Uhr

Am nächsten Morgen zwitscherten die Vögel aus vollem Hals, als wollten sie sagen: ‚welch ein schöner Tag - die Sonne scheint'.
Die wunderbare Frühlingsmusik ließ Bettina erwachen. Sie sah in die gerade aufgegangene Sonne, als sie das Herz auf ihrer Bettwäsche entdeckte.
„Schatzi, bist Du da?", rief sie ganz laut. „Jetzt komm raus." Nichts passierte. Sie dachte, vielleicht hat er sich vor ihr versteckt und begann im Haus zu suchen.
In der Küche fand sie die Brotzeitreste und erschrak. Jemand musste im Haus gewesen sein. Schnell huschte sie zurück ins Schlafzimmer zog den Bademantel an und versuchte ihren Mann zu erreichen. „Xaver, jemand hat eingebrochen." „Bist Du es Bettina? Oh Mann, hab ich einen Schädel. Fehlt was? Hast Du schon die Polizei gerufen?" „Nein, fehlen tut nix, aber auf meiner Bettwäsche ist mit Lippenstift ein rotes Herz gemalt worden und in der Küche liegt eine angebissene Weißwurscht und ein angetrunkenes Weißbier in einem anderen Herz auf der Küchenplatte. Erst dachte ich, Du wolltest mich vielleicht überraschen, aber das ist wohl nicht der Fall."
„Bettina, hast Du Deine Tabletten genommen?" „Xaver, nimm mich bitte ernst, ich hab Angst." „Ich kann jetzt auch nix machen, ruf doch bitte die Polizei, ich melde mich später nochmal."
Er legte auf. Bettina wählte den Notruf: „Hier Polizei-Notruf, was kann ich für sie tun?" „Mein Name ist Bettina Wortgeber, ich wohne in der Bonifaziusstraße 23 in Grünwald und bei mir ist eingebrochen worden." „Wir schicken Ihnen sofort einen Wagen."

Die Dame in der Notrufzentrale drückte den Funkknopf und informierte die Streifen "Zentrale an alle: Einbruch in Grünwald in der Bonifaziusstraße 23, Familie Wortgeber." "Isar 12 hat verstanden, wir übernehmen."
10 Minuten später stand die Streife vor der Einfahrt. Dort waren ein großes gusseisernes Tor, eine Überwachungskamera, ein Briefkasten und eine Klingel zu sehen. Polizeiobermeister Schachtl ließ das Fenster herunter und drückte den Klingelknopf. "Hallo, Wortgeber, ja bitte." "Hier ist die Polizei, machen Sie bitte auf." Wie von Geisterhand öffnete sich das schwere Tor. Als Schachtls Kollege losfahren wollte, trat er gleich wieder in die Bremsen. "Schau mal Schachtl, siehst Du das?", fragte Polizeihauptmeister Heringslehner. "Ja, seh ich, wir lassen den Wagen stehen und gehen zu Fuß." Was sie gesehen hatten war eine Spur von Kastanienblättern, die bis zum Hauseingang führte. Es war unschwer zu erkennen, dass auf diesem Grundstück keine Kastanien standen.
Am Eingang erwartete sie die Hausherrin bereits. "Grüß Gott meine Herren, kommens gleich mit, ich zeigs Ihnen. Zuerst gingen sie ins Schlafzimmer und betrachteten das Herz auf der Bettwäsche und dann in die Küche. Die beiden Beamten schauten sich an. "Und Sie sind sicher, dass das kein Scherz ist?", fragte Schachtl.
"Nein das ist kein Scherz. Mein Mann ist auf Dienstreise und gestohlen wurde nichts." "Wir müssen uns kurz unterhalten, bitte warten Sie hier", sagte PHM Heringslehner zu ihr. Die beiden gingen nach draußen. "Die Alte hat doch einen Schlag, oder? Die ist einsam und meint, so wieder mehr Beachtung zu finden.

Der Alte vögelt wahrscheinlich mit jungen Dingern rum und ihr ist langweilig", stellte POM Schachtl fest.
Sie gingen zurück zum vermeintlichen Opfer: „Also Frau Wortgeber. Ich schreibe mir alles auf und wir verstärken die Streifen in dieser Gegend. Eventuell müssten sie nochmal bei uns vorbeischauen, aber dann melden wir uns, auf Wiederschauen."
Bettina stand der Mund offen. Die beiden Polizisten verließen sie einfach so wieder. Vor dem Tor stiegen sie zurück in ihren Streifenwagen und Schachtl warf seinen Notizzettel auf den Rücksitz. „Auf was für blöde Ideen diese reichen Weiber kommen, unglaublich", runzte Schachtl. „Wir sind doch keine Kasperl", erwiderte sein Kollege.

Sie fuhren zurück zu ihrem Revier und wollten erstmal einen Kaffee trinken. Danach begannen sie die liegengebliebenen Berichte zu schreiben.

Bettina wunderte sich bisweilen über das Vorgehen der bayerischen Polizei. Vielleicht war es ja doch nur ein schlechter Scherz, aber man weiß ja nie. Vorsichtshalber fotografierte sie alles und begann dann aufzuräumen.

Um 10 Uhr verließ sie das Haus um einen Friseurtermin wahrzunehmen.
Dort angekommen erzählte sie der Haardesignerin gleich was passiert war. Auch die schaute etwas verdutzt aus der Wäsche und konnte kaum glauben, dass es so etwas gab. Um 13.00 Uhr war Bettina perfekt gestylt und machte sich auf den Weg in ihr Lieblingscafé, wo sie sich noch mit Freundinnen treffen wollte. Der verratschte Nachmittag führte zu nichts.

Keiner wollte ihr glauben. Hatte sie sich wirklich alles nur eingebildet oder ausgedacht? Sie wollte das Ganze auf sich beruhen lassen und fuhr am späten Nachmittag wieder nach Hause. Dort angekommen, genoss sie noch die Nachmittagssonne am Pool. Ihr neuer Bikini glitzerte in der Sonne. Die Swarowski-Steine waren wie Sterne am Himmel. Und als ihr die Sonne den Bauch so wohlig erwärmte, schlief sie ein.

22.00 Uhr
Als sie wieder aufwachte, donnerte es im Hintergrund und dunkle Wolken verhüllten den Himmel. Schnell huschte sie hinein und verschloss alle Fenster. Sie war sich sicher, heute käme niemand ins Haus hinein.
Sie schaute noch ein wenig fern und aß etwas Salat dazu, als ein Blitz einschlug und den Fernsehempfang störte. Kurz drauf fiel dann der gesamte Strom aus und es war stockfinster. Die ängstliche Frau tastete sich bis in die Küche vor und holte eine Kerze und Streichhölzer aus der Schublade. Nach unzähligen abgebrochenen Streichhölzern brannte die Kerze endlich und es gab einen kleinen Lichtschein. Sie beschloss ins Bett zu gehen und den Tag zu vergessen. Das Gewitter spielte einstweilen weiter mit Blitz, Donner und der Regentropfen, so groß wie Tischtennisbälle, die lauthals auf das Dach klatschten. Lange lag sie noch wach, doch irgendwann konnte sie der Müdigkeit nicht widerstehen.

Zwei Stunden später hörte es auf zu regnen und eine angsterregende Stille zog durch die Villen von Grünwald, als es in der Einfahrt zum Haus Plitsch-Platsch machte. Da war er wieder der barfüßige Mann. Er streute erneut Kastanienblätter und sprang dabei von einer Pfütze zur anderen. Am Haus angekommen suchte er ein offenes Fenster. Vergeblich. Er ging bis zur Terrassentür hinter dem Haus und zog dort Handschuhe an. Wie mit Saugnäpfen drückte er die Tür nach oben und konnte sie dann auf die Seite schieben. Er war wieder im Haus! Wie in der Nacht zuvor brachte er seinen Rucksack in die Küche und ging dann ins Schlafzimmer. Langsam zog er Bettina die Decke herunter und begann sie wieder mit seinen schwebenden Händen zu streicheln. Bevor er in die Küche ging, nahm er wieder den Lippenstift aus der Tasche und malte einen Pfeil zwischen ihre Beine, der in Richtung Vagina zeigte. Dann verzehrte er erneut seine Brotzeit. Diesmal zwei Bissen von der Weißwurst und zwei Schluck vom Weißbier.

Donnerstag, 12. August, 8.10 Uhr

Am nächsten Morgen wachte Bettina auf, als es sie fror. So zog sie sich wieder die Decke über ihren Körper und drehte sich noch einmal um. Dabei spürte sie etwas Wachsiges zwischen ihren Beinen und sprang auf: „IHHHHHHHHHH, was ist das denn?" Sie sah den Pfeil und rannte sofort in die Küche, dort entdeckte sie das gleiche Stilleben wie am Vortag.

Schnell griff sie zum Telefon und rief die Polizei. Die Beamtin in der Notrufzentrale konnte sich noch erinnern und setzte erneut den gleichen Funkspruch ab. Kurz darauf waren die Beamten Schachtl und Heringslehner wieder vor Ort. „Oh Mann, das ist echt dreist. Die hat sich das Gleiche wie gestern nochmals einfallen lassen", bemerkte Schachtl. „Aber so was macht doch keiner, so doof kann doch keiner sein", erwiderte ihm Heringslehner.
Das Gespräch mit Frau Wortgeber ergab keine neuen Fakten. Als die erneut gehen wollten, entdeckte Heringslehner etwas: „Schau Mal, da im Rosenbeet, ein Fußabdruck." „Stimmt. Frau Wortgeber, kommen Sie mal bitte." „Ja bitte, was kann ich tun?" „Bitte stellen Sie sich mal in diese Spur." Bettina tat, was ihr der Beamte sagte. „Sie hat viel kleinere Füße, der Mann hat mindestens Größe 45.
Danke Frau Wortgeber", sagte PHM Heringslehner. „Also, was machen wir? Rufen wir die vom Einbruch?", fragte Schachtl. „Ja, ich glaube das ist das Beste", bekam er zur Antwort. Schachtl ging zum Streifenwagen und nahm das Funkgerät in die Hand: „Isar 12 an Zentrale." „Zentrale hört." „Bitte schicken Sie uns die Kollegen vom Einbruch und die Spusi

gleich dazu." „Alles klar, Einbruch und Spusi in die Bonifaziusstr.23." „Ja richtig, Ende." „Zentrale Ende."

Eine Stunde später waren Hauptkommissar Stangl, der Chef der Spurensicherung, mit seinen Kollegen und den Beamten Bachmeier, Meier und Gruber vom Einbruch vor Ort.
Schachtl und Heringslehner empfingen sie. „Also Hansi", so hieß Kommissar Bachmeier mit Vornamen, „es könnte sein, dass hier jemand eingestiegen ist und irgendein Ritual durchgeführt hat. Es kann aber auch sein, dass die Alte einfach spinnt." „Wie kommt Ihr auf Ritual?" „Naja, wir waren gestern schon einmal hier." „Ihr wart gestern schon mal hier und da war das Gleiche?" „Ja, wir dachten, die spinnt einfach, schau Dir das doch mal an."

Bachmeier machte sich ein Bild von allem und sprach dann mit Bettina Wortgeber. Als er ein erstes Fazit ziehen konnte, griff er sich erstmal die beiden uniformierten Beamten. „Seid Ihr eigentlich vollkommen wahnsinnig geworden, die Frau hätte heute Nacht umgebracht werden können. Ihr habt Glück, wenn Ihr in Zukunft nicht Sicherheitskontrollen im Altersheim machen müsst. Wo sind Eure Notizen." „Ähm, es gibt keine", gab Schachtl zu.
„Sowas dachte ich mir schon, Ihr Schnittlauchbündel, verteilt einfach Strafzettel draußen am Großlappen, Mann. Ein Glück, das Frau Wortgeber Fotos gemacht hat."
Die Spurensicherung machte derweil von allem Fotos und nahm einen Gipsabdruck von der Fußspur. Im Haus wurden überall Fingerabdrücke genommen und

vom Lippenstift eine Probe fürs Labor. Vielleicht könnte man anhand der Mischung feststellen von welchem Hersteller er ist. Die DNA von der Brotzeit sollte ein weiterer Anhaltspunkt sein.

Bevor sie wieder abrückten, griff sich Bachmeier nochmal Schachtl und Heringslehner: „Wenn wir weg sind, stellt Ihr Euren Schrotthaufen quer vor das Tor und bleibt die ganze Nacht hier und passt auf Frau Wortgeber auf klar!" „Ähm, ja klar Hansi, aber mir ham glei Dienstschluss." „Dienstschluss? Schaut im Lexikon unter Ü wie Überstunden nach."
Einige Zeit später waren sie fertig und Kommissar Bachmeier verabschiedete sich von Frau Wortgeber:
„Die Kollegen sind die ganze Nacht da und passen auf, Sie sind sicher."
Die Nacht verlief ruhig und offensichtlich sollte Frau Wortgeber in dieser Nacht nicht überfallen werden.

Freitag, 13. August, 8.00 Uhr

Um acht rückten die Beamten ab und fuhren wieder in ihr Revier. Kurz danach ging in der Notrufzentrale ein Anruf ein: „Bitte Polizei schnell, mein Name ist Oswald wir wohnen in Oberhaching in der Tacitus-Straße 12, meine Frau, bitte schnell." „Ich habe Sie verstanden, ich schicke sofort zwei Kollegen raus."
Als die Beamten an der angegebenen Adresse ankamen, rief Herr Oswald bereits: „Hier, hier her, da hinten ist der Typ."
Die Beamten sprangen aus dem Wagen und rannten Richtung des Rufenden. „Schnell, er haut ab." Oswald rannte dem mutmaßlichen Täter selbst hinterher. Der blieb plötzlich stehen und zog einen Revolver. Als die Beamten näher kamen, schoss der Verdächtige auf Oswald und der ging zu Boden. „Lauf Du dem Typen nach, ich kümmere mich um den Rest."
 Der Polizist versuchte Oswalds Puls zu fühlen. Leider war nichts mehr zu machen. Herzschuss. Er rannte ins Haus und versuchte die Ehefrau zu finden. Im Schlafzimmer fand er ein furchtbares Bild vor. Zuerst dachte er, die Frau sei tot, doch dann öffnete sie die Augen.

„Bitte helfen sie mir, ich weiß nicht was passiert ist."
Sie lag in ihrem Bett in einer Blutlache, die sich auch über den Rest des Körpers erstreckte. „Sind Sie verletzt." „Nein, ich bin starr vor Angst, kann mich nicht bewegen." „Der Beamte half ihr auf und setzte sie auf eine blutfreie Stelle im Bett als der Kollege zurückkam: „Nichts, der ist weg, ich hab ihn verloren."

„Frau Oswald, wir rufen jetzt die Kollegen und dann werden die Proben nehmen und analysieren mit was Sie der Täter verschmiert hat."
„Wo ist mein Mann?" „Frau Oswald, Ihr Mann ist draußen und kann gerade nicht zu Ihnen kommen. Bitte bleiben Sie hier sitzen. Ich gehe kurz nach draußen. Korbi, hast Du die vom Mord und die Spusi gerufen?" „Ja, sind unterwegs.
Schau Dir mal das hier in der Küche an." Es war das gleiche Bild wie im Haus Wortgeber, nur, dass die Weißwurst halb gegessen war und das Weißbier halb leer.

10.15 Uhr

Am Stiglmaierplatz endete gerade die Verhandlung gegen Barbara Hornburger. Steini und Krocket hatten ihre Aussage gemacht und verließen das Gerichtsgebäude. „Du Krocket, moanst, dass die acht Jahr für die Hornburger grecht san?" „Mei Steini, du woast ja i mog mi mid sowas ned belasten, weil am liabstn is ma wurscht." Die beiden schalteten ihre Handys wieder ein, als schon die ersten Nachrichten eintrafen. „Steini es gibt an Mord. I ruaf glei zruck." Krocket rief bei Michi an und erkundigte sich nach dem aktuellen Fall. „Servus Michi, wos gibt's?" „Wir haben einen Mord in Oberhaching in der Tacitus-Str. 12." Die Spusi ist bereits unterwegs und i hob am Ratzi Bescheid gsagt. A Streife is scho vor Ort." „Ja, dann fahr Du a glei aussi und mir kemma vo do." „Ok, Krocket." „Auf geht's Steini, mir ham an Foi." Die beiden Beamten liefen zu Krockets Wagen und sprangen hinein. Krocket warf das Blaulicht und die Sirene an und raste los.

„Wo gädsn hi." „Auf Unterhaching, Tacitus-Str. 12. Woast des is do beim Rewe." „Freili jetza woas is a wida."
Krocket prügelte den 8-Zylinder über den Königsplatz und dann am Obelisken in die Briennerstraße. Am Ende einmal durch den Gegenverkehr auf den Oskar-von-Miller-Ring. „Hääääää, Du bläde Sau foar aufd Seitn segst ned mei Liacht Du Depp[1]."

Steini begann sich festzuhalten als Krocket mit knapp 120km/h in den Altstadttunnel abbog und dann gleich wieder nach rechts auf den Altstadtring fuhr. Am Isartor war Stau und der Charger musste einmal durch das Isartor hindurch und dann wieder geradeaus statdauswärts und über die Rosenheimer Straße bis nach Ramersdorf und dort auf die Autobahn und an der Ausfahrt Ottobrunn in Richtung Unterhaching/Oberhaching. Am Ziel angekommen, sprang Krocket gleich aus dem Wagen. Nur Steini brauchte ein paar Sekunden.

„Schaust aber Scheiße aus. Is da schlecht?" „Ja, wen wunderts Du fahrst ja wira Bläda."[2]
„Oiso gä, wennst erst no speim wuist, koa Thema i gä scho a moi vor."

Am Haus warteten schon die Spurensicherung und Ratzi auf sie. „Ah grias di Stangl, klär mia amoi auf",

---

[1] Auf die Seite bitte. Ist mein Blaulicht nicht zu sehen?

[2] Geht es Dir nicht gut, Du bist so blass. Ja wen wundert es, Du fährst ja wie ein Blöder. Also wenn Du noch brechen musst macht das nichts. Ich gehe schon einmal vor.

bat Steini den Kollegen. „Oiso, des is offensichtlich da Mo vom eigentlichen Opfa, den hod da Täta daschossn wira gflon is. Die Frau Oswald duscht si grod, die hod da Ratzi untersuacht und mir ham Probn gnummer. Offensichtlich feid dera garnixn."
Mir hamma gestan in Gräawoid an ähnlichn Foi ghabt, aber des wara Einbruch. Aber mid so am Zeigs in da Kich. Und des do sand die zwoa Kollegen vo der Streifn, die als erschts am Tatort warn." „So, sie sand des. Is eana wos aufgfoin?" fragte Krocket. „Ja, also mein Kollege ging zum Opfer und ich folgte dem Täter. Währenddessen hat der Täter den Herrn Oswald erschossen. Wie ich dann zurückgekommen bin hab ich dieses komische Bild in der Küche gefunden. Soll ichs Ihnen zeigen?" „Ja gemma." „Wos isn des? A Herzal mid na Weißwurst hoibad gfressn und am hoibatn Weissbier. Sand jetza olle deppat?[3]" sagte Krocket. „Des war do gwiss a Gschenk vom Opfa an iran Mo, moanst neda?", antwortete Steini. „O Mei, dann frong mas hoid." Sie gingen hinauf. Dort hatte sich Frau Oswald mittlerweile angezogen. „Grüß Gott, sind Sie Frau Oswald?" fragte Steini. „Ja, die bin ich." „Hauptkommissar Steiniger und das ist mein Kollege Krockberger ."
„Auch Hauptkommissar", raunzte Krocket. „Sagen Sie mal, das Herz in der Küche mit der Brotzeit drin, war das eine Überraschung für Ihren Mann?" „Was für eine Brotzeit und was für ein Herz? Mein Mann hatte Nachtschicht. Er ist Chirurg in Harlaching und kam heute Morgen erst zurück. Ich war die ganze Nacht alleine und habe geschlafen. Ich habe ja noch nicht mal bemerkt, dass mich dieser Irre von oben bis

---

[3] Ja gibt es hier nur noch Dumme?

unten mit irgendwas vollgeschmiert hat. Wo ist mein Mann jetzt? Ich will zu ihm."
„Hat Ihnen das noch niemand gesagt, Frau Oswald?"
„Was, oh Gott nein, bitte nicht, sagen Sie nicht, dass er tot ist." „Doch leider schon, es tut mir leid, Frau Oswald", sagte Steini mit beruhigender Stimme, als Michi hereinplatzte: „Wir haben Fußspuren gefunden, die hat die Spusi ausgegossen und die müssen wir mit der vom Stangl von gestern vergleichen."
„Michi jetzt nicht, später ok." Steini schickte ihn weiter. Frau Oswald sank zusammen und kauerte auf ihrem Bett.
„Brauchen Sie einen Arzt, Frau Oswald?" „Ja, den brauch ich, den der da im Hof liegt, den brauch ich." Sie sprang auf und hämmerte mit beiden Fäusten auf Krockets Brust. „Jetzt beruhigen Sie sich." Krocket setze das Opfer wieder auf das Bett.
„Ratzi, sand die vom Rettungsdienst no do?" rief Krocket hinunter. „Ja warum, brauxtas?" „Ja, schickmas bitte rauf." Kurz drauf waren die Rettungshelfer im Schlafzimmer. „Kümmern Sie sich bitte um Frau Oswald. Und Sie, Frau Oswald, melden sich bei uns wenn Sie eine Aussage machen können, ok?" „Ok."
„Oiso, Pfia God."
Steini und Krocket gingen wieder hinunter in den Hof um mit dem Doc zu sprechen: „Und Ratzi irgendwos auffälligs?" „Jo scho Steini, was ganz was bsonders. Todesursache, Schuß ins Herz Todeszeit 8.15 Uhr. Und alles ohne Untersuchung", sagte Dr. Ratzke grinsend. „Is scho recht, wennst bei der Obduktion no wos findsd sogst Bscheid und die Kugel ind Balisdik gä, oiso Pfiadde."

Zurück am Wagen steckte sich Krocket eine Zigarette an. Bei einem tiefen Zug sagte er: „Was hamd die jetza damid gmoand Foi vo gestan und Spur." „I woas neda, mias ma frong. Machma wenns olle fertig sand und olle Infos vorling."
Steini und Krocket fuhren zurück ins Büro. Mit der Spurensicherung und Michi hatten sie für 13.00 Uhr ein Treffen vereinbart.

„Und Krocket, triffst Di heid mit da Anna?" „Woas i neda." „Aber zam seids schon no?" „Irgendwia scho, aber irgendwia a ned." „Du host doch gsagt es is dei große Liab und sowas host no nia gfüit." „Ja, aber Du kennst mi doch, mir is des z'eng, i los des auslaffa, woast scho." „Is aber schod, schee is scho." „Ja mei, aber des ständige ‚Wann kimst?' Was machma? und ‚Wo bist?' gäd ma aufn Nerv." „Du musst wissen, wos Du duast, bist oid gnua."

12.30 Uhr

Als sie im Präsidium eintrafen bereiteten sie die Glaswände für die Ergebnisse der Spurensicherung vor. Krocket schrieb auf die eine Seite die Namen von Herrn und Frau Oswald und malte auf die andere Seite ein Fragezeichen.

Kurz drauf kamen Michi und Hauptkommissar Stangl hinein. „Servus." „Oiso Stangl, dann leg a moi los", forderte Steini den Spurensicherer auf. „Guad, do hamma den Dr. Oswald, do sei Frau und do a Foto vom Bett und vo dem Brotzeitherz. So dann is do no die Frau Wortgeber, a Foto vo der iram Bett und oans vo dera Brotzeit und des Gleiche numoi vom Dog vorher, des hod uns netterweise die Frau Wortgeber zur Verfügung gsteid, weil a boar Uniformierte gmoant ham sie sand bsonders schlau und hom des firan Scherz ghoidn. Ermittln duad do da Bachmaier vom Einbruch." Steini und Krocket staunten nicht schlecht als sie die Bilder sahen. „Dann gibt's ja doch no mera, als mir denkt hädn. Michi ruaf a moi den Bachmeier o, der soi kemma, dassma uns obstimma kenna", bat Krocket seinen Kollegen.

Nach ein paar Minuten kam Bachmeier herein. „Servus." „Wos konnst Du uns no dazua song?" „Nichts Besonderes, hat alles erstmal wie ein Scherz ausgesehen, bis ich die Bilder vom ersten Tag und dann die vom zweiten verglichen habe. Das Ausmaß sieht man wenn man alle Bilder ansieht." „Zi fix Krocket, schaug da des o, der steigat si vo Moi zu Moi." „Stimmt, wia krank isn des? Und wenn nur no d'Wurschhaut doflakt, dann is die Frau a doud oder wia." „Was frogst des mi, aber so in etwa kannd des scho sei."

„Auf jeden Fall ist das jetzt Euer Fall. Hier sind meine Berichte und tschüß." Bachmeier ging und Krocket, Steini, Michi und Stangl standen mit großen Augen vor den Fotos.

„Oiso, i meid mi wenn i DNA und Fingerabdrüg ausgwärt hob, pfiad Eich". Auch Stangl verließ das Büro.

„Hab Ihr einen Plan?" fragte Michi. Die Antwort war Stille. Offensichtlich hatten die beiden erfahrenen Beamten keine Idee wie die Sache anzugehen war.

„So Kollegen", begann Krocket. „Wos hamma do eigentlich? An Psychopaten, an Killa, an Scherzkeks."

„Auf jeden Fall haben wir einen Toten", merkte Michi an. „Aber der kannt a zufällig daschossn worn sei, weila den Täta überrascht hod, oder?", bemerkte Steini. „I glab des a, der Dr. Oswald hod den Spinner gstört und dann hod der Panik kriagt. I glab vor allem, der wead weidadua und mir kemmas dawartn bis oane vo die Frauan stirbt. Dua a moi a Kartn vo Gräawoid und Umgebung her, dann markirma a moi wora scho zuagschlong hod. Ansonsten schlog i vor Umfeld des Toten und Opfer klärn und nach möglichen Gemeinsamkeiten und Motive suaha, oder?"

„Genauso machma des." „Michi, mach Du des mid dera Kartn und dann fahrst ins Grangahaus auf Harlaching und redst mid die Kollegn vo dem Dr. Oswald. Und mir Krocket, mir fahrma zu dera Frau Wortgeber, auf gäds."

Krocket schnappte sich sein Leinensakko und warf es elegant über die Schulter. „Des brauxt fei nimma a so ummananderwerfa, des foid da boid ausananda", frotzelte Steini. „jetza gä weida."

14.15 Uhr

Eine halbe Stunde später standen sie vor dem Tor zum Haus Wortgeber in Grünwald. Krocket kurbelte das Fenster hinunter und klingelte. „Ja, hallo." „Krockberger von der Kripo München, wir möchten gerne zu Frau Wortgeber." Das Tor öffnete sich und sie fuhren vor das Portal, welches zum Eingang führte. Dort öffnete ihnen Frau Wortgeber. „Grüß Gott, Frau Wortgeber, mein Name ist Krockberger und das ist mein Kollege Steininger, wir hätten ein paar Fragen an Sie." „Kommen Sie doch bitte rein."
Bettina, die nur einen Bikini und einen Poolbademantel anhatte, drehte sich um und ging voraus. Nach nur ein paar Schritten stieß Krocket Steini von der Seite und flüsterte: „A boa Flugstunden hod die scho oder, aber as Gstei basst no. Schene Schwungscheim, die Oide brauchts gwiss ordentlich und host Du die Diddn gseng, die warn teier.[4]" Steini schüttelte nur den Kopf. Sie folgten der Lady bis auf die Terasse. Dort setzen sie sich an einen Tisch. „Also Frau Wortgeber, erzählen Sie bitte was gestern und vorgestern passiert ist." Während Bettina erzählte, was sie bemerkt hatte, musterte Krocket sie von oben bis unten und sah sich schon mit ihr im Whirlpool wie er sie …..
„Also vielen Dank, Frau Wortgeber. Host Du no wos Krocket?" Krocket rührte sich nicht. Seine Augen hingen immer noch an Bettinas Lippen. Die hatte

---

[4] Die Lady ist zwar schon etwas älter aber ihr Unterbau ist in Ordnung. Ein schöner wackelnder Weiberarsch. Die Dame möchte gerne heftigen Sex und hast Du die Brüste gesehen. Die waren teuer!

wohl bemerkt, wie er sich an ihrem Äußeren aufheizte. „Herr Kommissar, geht es Ihnen gut?", fragte sie. „Äh ja,.. ähm gut,.. ähm ja also,.. ä Frau Wortgeber, wiederschaun."
„Ich bringe Sie noch hinaus." Auf dem Weg gaben die Polizisten ihr noch ihre Visitenkarten und verließen die Villa Richtung Innenstadt.
„Host Du eigentlich irgendwos midkriagt?", fragte Steini ihn. „Ä na wosn?" „Dass hochversichert san, ihr Mo Unternehmer is und die ganze Woch unterwegs, dass glaubt er hod a Jingere, die Ehe aber so einigermaßen funktioniert und dasser grod in Frankfurt is. Do isd Hoteladress und sei Handynummer."
„Aja sowas. Moanst mir checkma sei Alibi amoi?" „I dad auf jeden Foi im Hotel frong oba aufm Zimmer war. Wenn neda, kimda moing hoam, dann ladman vor." „ok, so machtmas." Steinis Handy klingelte. „Ja Steininger." „Servus, ich bins der Michi. Also die Kollegen von dem Dr. Oswald haben nur in den höchsten Tönen über ihn gesprochen. Besonders die weiblichen Kollegen." „Aha hoda a Verhältnis ghobt?" „So genau wollte das niemand sagen, aber ich schätze schon. Eine der Schwestern war auch weitaus niedergeschlagener, als der Rest, der natürlich auch erschüttert war, aber ich glaub da war mehr."

17.30 Uhr

„Ok Michi, dann konnst Feieromd maha und mir seng uns moing ok?" „Ok, bis moing dann." „So Krocket, da Michi sogt, der Dr. Oswald häd woi a Verhältnis ghobt." „Aha, des schaung ma uns dann a moi genauer o, oder?" „Ja, mir steid si die Frog ob der Psycho heid wiader zuaschlogt und wenn ja wo?" „A Muster hamma ned gseng und ob der numoi im Haus vo die andern aufdaucht, woas ma neda." „Mir schickma zu jeder a Streif, ok?" „Genauso machmas." Steini rief in der Zentrale an und ließ jeweils eine Streife vor den Häusern der Opfer postieren. Dann informierte er Frau Wortgeber und Frau Oswald.

„So, wia schaugts bei Dir aus, soi i Di ins Präsidium farn oder hoam oder wos mogst?" „Is scho 6-se glei, dann fahrma ins Präsidium und i schnapp ma mein Wong und fahr hoam." „Ok, i ruaf dann no im Hotel in Frankfurt o."

Am Präsidium angekommen verabschiedeten sich die beiden Kollegen. Steini fuhr nach Hause und Krocket ging noch einmal ins Büro. Er hatte sich Steinis Zettel, auf dem alles notiert war, mitgenommen. Nachdem er sein Sakko an die Garderobe gehangen hatte, setzte er sich, nahm sein Telefon in die Hand und wählte die Nummer des Hotels, welche er im Internet rausgesucht hatte. Dann legte er sich zurück. „Hotel Astoria Magna, guten Abend." „Ja Grüß Gott, mein Name ist Krockberger von der Polizei in München. Bei Ihnen ist doch ein Franz-Xaver Wortgeber abgestiegen, richtig?" „Ähm ja, das stimmt und wie kann ich Ihnen helfen?", fragte der Mitarbeiter des Hotels. „Können Sie mir sagen, ob der Herr Wortgeber Dienstag, spätabends, beziehungsweise. in die Nacht hinein, in seinem Zimmer war?" „Einen Moment bitte, ich schau nach – Nein, war er nicht, er ist erst gegen vier Uhr wieder in sein Zimmer gekommen." „Vielen Dank, Sie haben mir sehr geholfen, auf Wiederhören." Krocket überlegte, ob der Mann des Opfers es hätte schaffen können in dieser Zeit..? Aber nein, das würde gar nicht funktionieren. Man konnte ihn also als Täter ausschließen.

18.45 Uhr

Er überlegte, was er mit dem angebrochenen Abend noch anstellen könne. Sollte er zu Briggs in seine Stammkneipe, wo er schon ewig nicht mehr war oder lieber nach Hause, als sein Telefon klingelte. „Krockberger, Grüß Gott." „Hallo Herr Kommissar, hier ist Bettina Wortgeber. Sie waren heute bei mir." „Hallo Frau Wortgeber, was kann ich denn für sie tun?" „Herr Kommissar, es ist mir etwas unangenehm, aber ich fürchte mich schon ein wenig." „Aber wir haben doch eine Streife vor Ihrer Türe postiert." „Aber trotzdem, irgendwie habe ich ein komisches Gefühl, können Sie nicht bei mir vorbeikommen?" Krocket brauchte nicht lange zu überlegen.

„Gerne Frau Wortgeber, wenn es Sie beruhigt. Ich mache mich gleich auf den Weg." Krocket schnappte sich ein frisches T-Shirt aus dem Schrank und zog sich schnell um. Dann verließ er pfeifend das Büro. Welche Gedanken er im Kopf hatte, muss an dieser Stelle wohl nicht erwähnt werden.

Eine halbe Stunde später war er am Haus Wortgeber angekommen. Er stieg aus dem Wagen und klopfte bei der Streife an die Scheibe: „So Kollegn, ois ok?" „Ja Herr Krockberger, alles in Ordnung."

„Dann weida sche aufbassn, gei?" Er klingelte und Bettina öffnete ihm das Tor. Als er vor der Türe stand öffnete sich diese, nur Betina war nicht zu sehen. „Hallo, Frau Wortgeber."

„Ja hier, kommen Sie rein, man muss mich nicht gerade sehen." Er trat ein und hinter ihm fiel die Türe

zu. Vor ihm stand eine wunderbare Frau, die perfekt gebaut war, oder perfekt umgebaut war, je nachdem wie man es betrachtete. Sie war nur mit einem kleinen Seidennegligée bekleidet und hatte darunter nichts an.
„Schön, dass Sie da sind, da fühle ich mich gleich besser." „Äh hm äh", stammelte Krocket nur. „Wollen Sie sich nicht lieber etwas anziehen." „Wieso, gefalle ich Ihnen nicht? Ich hatte heute Nachmittag den Eindruck, ich würde Ihnen gefallen." „Äh ja doch schon, aber das Negligée ist so kurz und knapp, ich kann ja äh alles äh äh äh sehen." Beschämt drehte er sich zur Seite. „Sie müssen sich nicht wegdrehen, ich will ja, dass Sie alles sehen." Krocket drehte sich wieder um und in dem Moment ließ Bettina die Hüllen komplett fallen und legte ihre Arme um Krockets Hals.

„Ich heiße Bettina und jetzt nimm Dir, von was Du heute Nachmittag schon geträumt hast." Krocket sagte kein Wort.

Er schwang seine Arme unter den wunderbaren großen Hintern der Frau, dann hob er sie hoch und trug sie ins Wohnzimmer auf die große Couch. Dort legte er sein Opfer der Begierde inmitten der vielen Kissen und zog sich aus.

Ohne ein weiteres Wort bettete er sich zärtlich auf sie und küsste sie leidenschaftlich.

Der kleine Krocket kannte nun auch den Weg und Bettina ließ mit sich machen was ihm gerade einfiel.

Sie schien direkt ausgehungert und so gab Krocket Vollgas. Nach einer Stunde, immer wiederkehrendem auf und ab kam sie mit einem lauten Schrei. Schnell drückte er ihr die Hand auf den Mund. „Pscht, wenn die Kollegen das hören, kommen sie gleich rein." Bettina griff ihm zärtlich zwischen die Beine und rutschte dann immer weiter nach unten während Krocket sich an der Kante der Couch abstützte.

Das was ihm nun geschah war derart gut, ja so gut, dass er sich nicht erinnern konnte, dies in dieser intensiven wahnsinnigen Wallung schon einmal erlebt zu haben. Als er kam, gickste Bettina nur kurz und kroch dann wieder zu ihm hinauf.
„Komm wir springen noch in den Pool und dann mach ich uns was zu essen, was meinst Du?" „Ja los." „Sie liefen wie zwei verliebte Teenager auf die Terrasse und hinunter zum Pool und sprangen aus vollem Lauf ins kühle Naß.
„Ahhhh ich danke Dir, so viel Leben war hier schon lange nicht mehr. Und in mir auch nicht." Sie planschten noch eine Weile und ließen sich dann zusammen das warme Wasser der Dusche über den Rücken laufen. Nachdem sie sich abgetrocknet hatten, gingen sie wieder hinein und Bettina brachte Krocket einen Bademantel. Krocket setzte sich an die Theke der Küche und Bettina ging zum Kühlschrank.
„Ich glaube Du brauchst ein Steak, mein starker Mann." „Sehr gerne, mach Dir bitte nicht zu viel Arbeit." Bettina zog zwei wunderbare Filetsteaks heraus und holte eine Pfanne.
Das kurze Zischen der Gasflamme war das Startsignal. Zum Steak gab es Brokkoli.
„Ich dachte ihr reichen Weiber kocht bestimmt nicht mehr selber", sagte Krocket. „Weißt Du, irgendwas muss ich auch noch tun.
Ich lebe hier in einem goldenen Käfig und bin auch ganz anders aufgewachsen. Mein Mann hat als kleiner Werkzeugmacher angefangen.

Bleibst Du heute Nacht?" "Lieber nicht, wenn das rauskommt, bekomm ich riesigen Ärger. Eine Beziehung zu einem Opfer ist strengstens verboten." "Schade, morgen kommt mein Mann wieder und bis Montag werden wir uns nicht sehen können." "Das schaffst Du schon, glaub mir." Krocket hatte schon wieder dieses Belagerungsgefühl. Als ob man es nicht einfach mal bei einer kleinen Nummer belassen könnte. Nein, Wiedersehen, Sehnsucht und und und. Das machte einfach alles nur komplizierter.

Sie aßen gemeinsam auf und Krocket lobte Bettinas Kochkünste: "Hm, das Fleisch ist echt super. Hast Du toll hinbekommen und die angerösteten Mandeln verleihen dem Brokkoli wunderbare Röstaromen." "Danke Dir, mein Mann hat mein Essen schon lange nicht mehr gelobt. Meistens schweigen wir uns nur an."
Krocket begann unruhig auf seinem Hocker hin- und her zu rutschen. "Du würdest gerne gehen?", fragte Bettina ihn. "Ähm ja, also nicht, dass ich Dich nicht mag, aber es soll halt nicht auffallen." "Mach Dir keinen Kopf. Das ist schon in Ordnung." Er zog sich wieder an und verließ Bettina in Richtung Innenstadt. Vorher gab er den Beamten in Uniform nochmals genaue Anweisungen, wie sie sich zu verhalten hätten im Falle eines Überfalls.
Zu Hause angekommen suchte er in der Dachauer Straße einen Parkplatz. Als er diesen endlich gefunden hatte, stellte er den Charger ab und stieg aus.

21.30 Uhr

Es war erst halb zehn und so überlegte er, ob er gleich in seine Wohnung gehen sollte oder seit langem mal wieder ein Bier bei Briggs trinken. Steini hatte ihn ja heute quasi daran erinnert, dass er dort unbedingt mal wieder hin müsse. Als er die kleine Kneipe betrat, wusste er, was ihm so lange gefehlt hatte. Dieser Geruch von altem Schweiß, altem Fett aus der Fritteuse und abgestandenem Bier, brachte ihm in Erinnerung, wie oft er früher hier war und wie viele schöne Abende er hier verbrachte.
Briggs stand wie immer hinter der Theke.
Als sie ihn sah, stürmte sie sofort auf ihn zu. „Krocket, grias di". Sie nahm ihn in den Arm und gab ihm einen Kuss auf die Backe. Krocket erwiderte die freundschaftliche Zärtlichkeit.
„Mogst a Bier und a Fleischpflanzerl?" „Freili, wia imma." Die Wirtin zapfte ein frisches Bier und legte ihm zwei Fleischpflanzerl und eine Breze auf einen Teller. Dazu gab es scharfen Senf. „Wo warstn oiwei. Mir ham di scho vermisst."
„Woast Briggs, die Gschicht mit da Lissy hod mi aus da Ruah brocht und i hob a Zeidl a Beziehung ghobt und do ismas oafach nimma ausganga." „Mei d'Lissy, mir ham doch nur an Scherz gmacht und Du bist drauf eini gfoin." Krocket setzte zum zweiten Mal an und leerte sein Glas. „Supa san die Pflanzerl. Machst ma glei no a Bier bitte?". „Sowieso".
„Und wie is Dir in dera Zeid so ganga, wos macht d' Liab?" „O Mei, wos soi de scho macha. Nix. Bis auf mein freia Dog war i nur in da Kneipn".

Krocket schaltete in den Pump-Modus und leerte acht Halbe in kurzer Zeit.
Dementsprechend heiter wurde er auch.
„Briggs, jetza verzäi i Dir a moi wos. I bin fira Beziehung ungeeignet. Die ganze Zeid mid da Anna war sche, aber eng, mid Vorschriftn und Terminen und Plänen. Des is nixi.[5]" Krocket umarmte die Tresenhalterung, um bei seinem schwungvollen Prosit nicht umzufallen. „I hob heid so a Kundin vo uns gvägelt, die is ächt a geile Sau. Kaum samma fertig, fangt de scho wieda mid dem näxten Moi und Termine und wiederseng o. Ko ma des ned a moi beim Bimpan guatsei lossn?
Hä Briggs?"
„Krocket, i woas neda aber Fraun sand do anders, die woin hoid a Romantik und Zuneigung und Sicherheit und an starken Mo." „So ausglutscht wie die war, woid die bimpan und sonst nix.[6]"
Es war 23.30 Uhr geworden, als Krocket den ersten Schnaps bestellte. „I brauch jetza an Beschleuniger, sonst werd i gar nimma miad". Irgendwie frustriert und auf alle Fälle stinkbesoffen versuchte er um 1.30 Uhr nach Hause zu gehen.
Leider musste er sich von Briggs heimführen lassen. Dort fummelte sie seinen Haustürschlüssel aus seiner Jackentasche und öffnete die Eingangstür des Wohnhauses. Der Fahrstuhl brachte sie nach oben und sie versuchte Krocket neben seinem Eingang abzustellen. Als sie aufschloss, bugsierte sie ihn hinein und ließ

---

[5] Die Zeit mit Anna war schön, aber von Vorschriften, Terminen und Plänen getrieben. Das ist nichts für mich.

[6] Die wollte nur Geschlechtsverkehr haben, war einfach nur geil auf Sex

ihn aufs Bett fallen. Danach öffnete sie zwei Fenster, legte Krocket seinen Schlüssel auf den Nachttisch und verließ ihn wieder.

Samstag, 14. August, 6.40 Uhr

Um 6.40 Uhr klingelte sein Handy. „Krocket, schwing di in Dein Scheisskarrn. Er hod wieder zuagschlong". „Steini, i glab in kon no ned farn, i nimm a Taxi, wohi?" „Gräawoid Tulpenweg 8." Krocket schleppte sich wie in Trance ins Badezimmer.
Irgendwas musste doch den abgestandenen Geruch aus seinem Mund vertreiben können.
Er steckte die Zahnbürste hinein und hatte alle Mühe beim Putzen nicht zu würgen. Nachdem er ausgespült hatte, sprang er noch kurz unter die Dusche, hetzte hinunter und kletterte in das bereits eingetroffene Taxi. „Tulpenweg 8, nach Grünwald. Etwas schneller, wenn's geht, bitte". Der Taxifahrer kämpfte sich so gut es ging durch die Stadt und zum Glück hatte der Berufsverkehr noch nicht eingesetzt.

20 Minuten später erreichte das Taxi seinen Zielort. Die Spurensicherung, der Doc und Krockets andere Kollegen hatten mit der Arbeit bereits begonnen. „Moing a scho do", frotzelte Steini. „Ja, jetz här auf und ned so laud. Gibt's an Doudn?"
„Na Gott sei Dank ned, kim mir gämma ind Kich und dann ins Schlafzimma." In der Küche angekommen bot sich ein ähnliches Bild, wie an den Tagen zuvor: Ein Herz ein kleines übrig gelassenes Stück Weißwurst und ein viertelvolles Weißbier. „So, er hod sie also wirkli gsteigat.
Gämma ins Schlafzimmer." „Schau Krocket, do is gleng und des hoda gmacht." Steini zeigte Krocket Bilder, wie sie das Opfer aufgefunden hatten." „Aha

mid Handschein fesdgmacht an di Fiaß und Händ und zwischen ihre Haxn is a Guggumara[7] gleng".
"Wo is?" "Sie hoggt unten im Rettungswong. Er hods ned penetriert, wennst des moanst. Wuist mid ihra redn?" "Na, loss guad sei, die soins ins Grangahaus bringa, die braucht Ruah und verzein werds eh ned fui kenna."
Was sogt da Stangl: "Ois sauba, a Fuaßspur hoda wia imma. Gräß is die säibe, wia bei die andern." "Ok, dann fahrma ins Präsidium und schaung uns numoi ois genau o. Der Michi soi schaung oba an Termin mit da Dr. Pfissing kriagt. Die soi uns a Profil macha. Wo is der überhaupts?" "Der Michi frogt grod bei die Nachbarn ob ebban ebs aufgfoin is".

Steini schickte Michi eine SMS, dass sie schonmal ins Büro fahren würden und er dann nachkommen solle. Dr. Pfissing rief er selbst an. "Frau Dr. Pfissing, Grüß Gott. Hier spricht Hauptkommissar Steininger. - Ja genau der Steininger. Frau Dr. hätten Sie heute mal etwas Zeit für mich und meinen Kollegen. - Na der Herr Krockberger ja genau der - Ach Nein, aha, ok, der muss sich erst einmal bei Ihnen entschuldigen aha, wofür? -Woins ned song, ok. Na dann gib i Eana a moi weida. Krocket verzog schon das Gesicht. "Elvira sei gegrüßt, wie geht es Dir? - Aha, ja mei woast - Jaja ich habe immer nur an Dich gedacht die letzten drei Jahre - Ich war nur nicht mutig genug. Sicher gefällst Du mir – Heute Abend? – Äh ..." Steini zog ihn am Ohr. "Ja, ja klar hab ich Zeit".

---

[7] Gurke

Dann gab er das Telefon zurück „So Frau Dr. passt jetzt wieder alles? – Um drei könnten Sie da sein, dass passt uns prima, ja bis dann, auf Wiederhören." Krocket war bereits ein paar Schritte voraus gegangen. „Krocket bleib steh. Wos hostn Du mit der Pfissing gmacht? Sogs, aber glei."
„Ja ähm woast scho. Beim Bolizeiboi vor drei Joahr, da hamma so danzt und dann woids irgendwia mehra und i hob hoid Midleid ghobt."
„Du und Midleid, da lach i ja. So oid is die doch garned." „Jo scho, aber die woid hoid klammern und des konn i ned bracha". Zurück im Präsidium standen sie vor der Glasscheibe und markierten den aktuellen Tatort. Sie gingen davor auf und ab, ob ihnen in all ihrer Verzweiflung nicht etwas einfallen wollte. „Du, oida schaug a moi her." „Wo?"
„Do auf die Kartn, foid da wos auf?" „Na nix, wosn?" „Wenn ma vo der erschten Tat a Linie mit der 2. und 3. verbind, so schaugt es aus wia da Anfang vo so am Herzn oder?"
„Sauba Krocket, du host rächt, so schaugt des aus." Krocket nahm den Stift und versuchte in den richtigen Proportionen das Herz zu vollenden. „Und des san olle Punkte an weiche wo möglich no wos bassiern ko". Die Türe öffnete sich und Stangl und Michi kamen herein. „Servus".
„Schaugts a moi hera". „Ui sche a Herzal hobts gmoid." „Na Stangl, schaug a moi genauer hi." „Wahnsinn, der gäht nach Schema vor." „Michi, Du losst sofort die Streifn in dem Gebiet verdoppin. Gib an jedem Bolizistn so a Kartn und erklär eana ois,- ok? „Ok Krocket, bin unterwegs."
Michi nahm die Karte von der Wand und scannte sie, um jedem Revier eine Kopie zu faxen.

Dann rief er bei den beteiligten Einheiten an und gab die Anweisungen durch. „Die Ballisdig hod übrigens nix ergebm. Die Woffn is ned registriert", ergänzte Stangl die zusammengetragenen Informationen. Dann ging er wieder ins Labor.

11.30 Uhr

„So, Steini und i werd mi jetza a moi in die Roin vo dem Psycho versätzn." „Ja und wia duast des?" „I gäh mit Dir a Weißwurst essen und a Weißbier dringa. I brach jetza unbedingt..." „A Kontahoibe", vollendete Steini den Satz.
Die zwei Kriminologen machten sich auf den Weg in die Kantine. Weißwürste waren nahezu das einzige was man dort essen konnte. Leberkäs ginge manchmal auch noch.
„Mir gibst zwoa bitte un a Leichte", bestellte Steini. „Mir drei und a schware", ergänzte Krocket.
Nach dem ersten Schluck und einem Bissen der bayerischen Traditionsbrotzeit fing Steini an, einen Witz zu erzählen:
„Kennst den? ,Sogt da Bua zu seim Bapa host heid nocht no Hunger ghabt?' Fragt da Bapa ,warum?' ,Ja weil die Haud vo da Weißwurscht no auf deim Nachtkastl liegt."
„Sehr lusdig Steini", kommentierte Krocket. „I häd gmoand des basst a wenig zum foi." „Jo i hob a scho so fui gmoant."
Als sie aufgegessen hatten gingen sie zurück ins Büro, wo Michi gerade die Organisation der Streifen abgeschlossen hatte. „So Kollegen, auf den markierten Straßen wird nun die ganze Nacht, also ab Einbruch der Dunkelheit alle fünf Minuten eine Streife vorbei-

fahren. So lange bis wir die Anordnung wieder aufheben." „Sehr guad Michi."
„Wenn des ois nixi bringt, dann frong ma moing olle Leid im Zielgebiet, wer wann wia dahoam is und brobiern olle alleinstehenden Häisa wod Weiba aloa hand zu observiern[8]. Und wenn des a nix bringt, versuachmas vielleicht mid a foin[9]." „Moanst Krocket, das des wos bringt?" Die Tür ging auf und Kriminalrat Schmitz kam herein: „So meine Herren, jetzt bringen Sie mich einmal auf den neuesten Stand. Ich muss heute eine Pressekonferenz geben."

„Ja, äh also Herr Kriminalrat folgendes", begann Steini: „Der Täter scheint offensichtlich ein Psychopat zu sein, der in diesem Gebiet seine Opfer sucht. Sein Markenzeichen ist die Brotzeit in der Küche und ein gesteigertes Aggressionsverhalten gegenüber den Opfern." Krocket zeigte auf die in der zeitlich richtigen Reihenfolge aufgehängten Bilder.
„Die Steigerung in der Aggression dokumentiert sich auch in der Kapazität der verspeisten Brotzeit, deren Reste immer in einem roten Herz zurückgelassen werden.

Wir haben die Streifen in dem markierten Gebiet verdoppelt und heute Nachmittag kommt Frau Dr. Pfissing, um mit uns ein Profil zu erstellen und Krocket muss mit ihr heute Abend essen gehen." Den Spruch konnte er sich einfach nicht verkneifen.

---

[8] Wir versuchen alle alleinstehenden Häuser, in welchen die Frauen alleine sind zu observieren
[9] Falle

„Danke, Herr Steininger, weiter so. Gute Arbeit. Ach ja und Herr Krockberger, viel Spaß heute Abend." Schmitz grinste und verließ das Büro wieder. Die Pressekonferenz begann um 14.00 Uhr.
Wie immer betrat als erstes der Polizeipräsident den Konferenzraum. „Meine Damen und Herren, zum Stand und der aktuellen Entwicklung in der Einbruchserie steht Ihnen nun Herr Kriminalrat Schmitz Rede und Antwort." Schmitz trat nach vorne und hatte alle Mühe an den Blitzlichtern der Fotografen vorbei zu schauen, um nicht geblendet zu werden. In Reihe eins meldete sich eine Reporterin: „Was tun Sie, um die Bevölkerung zu schützen?"
„Wir haben die Streifen im bekannten Gebiet in Anzahl und Frequenz verdoppelt." Weiter hinten fragte ein Reporter: „Ist es richtig, dass der Brotzeitmörder sich von Fall zu Fall steigert?" „Wie kommen Sie auf Brotzeitmörder. Bitte setzen Sie nicht solche Namen in die Welt, das könnte für eine Provokation des Täters sorgen. Aktuell haben wir keine Erkenntnisse über veränderte Rahmenbedingungen." Ein anderer fragte: „Wie oft muss der Brotzeitmörder noch zuschlagen, bevor Sie endlich mehr Beamte mit Ermittlungen beauftragen?"
„Wir arbeiten mit Hochdruck an der Analyse der Fakten und ermitteln in alle Richtungen. Ich kann Sie nur bitten, die Geschichte so detailgetreu wie möglich wiederzugeben und über unsere verstärkten Streifen im betroffenen Gebiet zu informieren. Vielen Dank."
Die Reporter fragten weiter wie wild durcheinander, aber Schmitz drehte sich einfach um und verließ den Konferenzraum wieder.

Der Polizeipräsident ergriff noch einmal das Wort: „Meine Damen und Herren, bitte beruhigen Sie sich, wir können Ihnen aktuell nicht mehr sagen. Wir werden Sie nächste Woche zu einer weiteren Pressekonferenz einladen." Nun verließ auch der Polizeipräsident den Konferenzraum.

15.00 Uhr

Derweil traf Dr. Pfissing bei den drei Ermittlern ein. „Grüß Gott die Herren." „Grüß Gott Frau Dr. Pfissing", begrüßte Steini die Psychologin. Die ging sofort zu Krocket und gab ihm einen Kuß auf die Wange. „Servus Julius." Krocket verdrehte die Augen und Steini konnte sich ein Grinsen nicht verkneifen. Dr. Pfissing war eine stramme Mitvierzigerin, nicht sonderlich groß. Ihre überflüssigen Pfunde verteilten sich rundherum, schon fast adrett. „So und wer ist der junge Mann." „Elvira, das ist unser neuer Kollege Huber, der unterstützt uns seit der Eisbachgeschichte."
Krocket fasste alle Fakten zusammen und zeigte Elvira die Bilder dazu. „Und Elvira, kannst Du damit was anfangen?"
Es wurde ruhig im Büro der Ermittler. „Also Jungs, ich glaube der macht weiter. Es muss ein unauffälliger Alltagstyp sein. Hat ein Problem mit Frauen, aber nicht im normalen Sinn. Also, er kann schon mit Frauen, findet aber keine mit der er seine Fantasien ausleben kann, oder wurde bereits von einer Frau extrem verletzt. Offensichtlich ist er Bayer, sonst würde er nicht mit traditionellen Dingen wie Weißwurst und Weißbier agieren. Ich denke der ist noch keine 50 aber mindestens 35. Er kennt keinen Luxus und ist eher ein einfacher Typ.

Putzt sich zum Angeben aber gerne auch mal raus. Könnte ein Mathematiker, Physiker oder oder auch ein einfacher Hausmeister sein." „Michi host des ois aufgschribm?", fragte Krocket. „Ja, hab ich." „Ok, Elvira danke, dann bis demnächst mal." „Oh nein mein Lieber, so einfach kommst Du mir nicht davon. Wir hatten ausgemacht wir gehen heute zum Essen, also wohin?" Krocket brachte keinen Ton raus. „Wenn Dir nichts einfällt, dann gehen wir zum Veganer klar!" „Oiso na gämma hoid zum Giovanni." „Gut Julius, dann holst Du mich um acht ab." Damit beendete Elvira ihre Ansprache und wie eine Diva verließ sie die Bühne wieder.

Samstag, 14. August, 17.15 Uhr

„Du Krocket", sagte Steini, „Ich muas mi jetzad amoi umd Rita kümmern. Es ko jedn Dog losgeh und Lisa is grod a weng anstrengend. "
„Mei Steini, moing is eh Sonndog und die Streifen sand instruiert. Michi host Du des Profil scho an olle Dienststäin gschickt?" „Ja Krocket, gerade erledigt."
„Guad dann gämma jetza olle hoam und seng uns am Mondog. Handies olassn gä.[10]" Die drei verließen das Büro in verschiedene Richtungen. Michi machte sich auf den Weg zu Sandra, Krocket fuhr nach Hause, um sich auf das Abendessen mit Elvira einzustellen und Steini nach Neuperlach, um sich um seine hochschwangere Frau zu kümmern.

18.10 Uhr

In Neuperlach öffnete sich eine Wohnungstür und heraus kam eine kleiner süßer Quälgeist: „Hallo Papaaaaaa", sagte Lisa nur und sprang ihrem Vater entgegen. „Grias Di kloane, wo isnd Mama?" „Di is im Wohnzimma." Sie gingen hinein und suchten Rita. „Hallo mein Schatz." „Grias Di Rita, wia gäds da denn?" „Ach ja es drückt und zwickt, ich bin froh wenn es jetzt dann raus ist."
„Was hoids ihr davo wenn i Eich zum Italiener eilod?" „Ja, Ja, Ja, Pizza, Pizza." „Na gut, dann gehen wir essen, dann brauch ich zumindest nicht zu kochen."

---

[10] Gut, dann gehen wir jetzt alle nach Hause und sehen uns am Montag. Bitte lasst Eure Handies eingeschaltet.

Zeitgleich stand Krocket vor seinem Kleiderschrank und suchte etwas Hässliches zum Anziehen. „Zi fix, i brauch wos richdig greisligs wos nimm i denn do?" brabbelte er in sich hinein. „Di Oide werd mid mir nimma weggeh, des wätt i. Ah gfundn." Krocket zog eine quietschgelbe Pepita-Jacke aus dem hintersten Eck seines Schranks heraus. Dazu griff er nach einer hellblauen Ballonhose mit Bundfalten. „Yes, perfekt, Krocket 1986!"

In der Winzerer Straße platze Michi in ein kleines Stundenten sit-in. „Hi Michi, komm rein", rief ihm Sandra entgegen. „Er ging zu ihr in die Küche. Dort saß Sandra mit Uschi und drei Amerikanern. „Hey guys this is Michi my boyfriend. Michi these are Jonny, Rick und Mustaffa, they are studying in Munich for one year." „Hi folks, nice to meet you", begrüßte Michi die Unbekannten.

Den ganzen Abend hatte er kaum Gelegenheit, mit Sandra alleine zu sein. Mehrfach hatte er ihr bereits vorgeschlagen, zu ihm zu ziehen, doch Sandra hatte Bedenken wegen Uschi, die dann alleine leben müsste, da Babsi ja im Gefängnis saß.

Krocket ging nun die Treppe hinunter zu seinem Charger, den er direkt vor der Tür geparkt hatte. Den an seinem Scheibenwischer angebrachten Strafzettel kommentierte er nur mit den Worten: „Wegelagerer" und schmiß ihn auf die Straße. Dann stieg er ein und fuhr Richtung Wörthstraße, wo Elvira wohnte. Er fuhr die Dachauer bis zur Gabelsberger. Dort bog er links ab und wollte durch den Altstadttunnel zum Isartor und dann Richtung Ostbahnhof.

Als er in der Wörthstraße ankam, suchte er das Haus von Elvira. Kurz drauf hatte er es gefunden und hielt in zweiten Reihe. An der Tür drückte er die Klingel. „Ja hallo, wer ist da?" „I bins da Krocket." „Ah Julius, komm schnell rauf, ich bin gleich so weit." Krocket war nicht wohl bei dem Gedanken, sich in die Höhle des Löwen zu begeben.
Trotzdem ging er hinauf, um den Abend nicht vollends zu verderben. Als Elvira ihm öffnete, traf sie der Schlag. „Spinnst Du, so kannst Du nicht auf die Straße". „Warum?Nur des Beste fia Di!"
Krocket grinste. Elvira trug ihr rehbraunes Haar offen zu einem schwarzen kurzen Cocktailkleid. Der Ausschnitt des Kleides ließ ahnen, dass die Kleine ziemlich große Dinger haben müsste. Ihre braunen Augen funkelten Krocket jetzt schon an. Bei dem Anblick ihrer Beine fiel Krocket nichts Dümmeres ein, als folgende Zeilen eines Liedes anzustimmen: „I mog a Madl aus da Stod wos dicke Wadln hod.[11]" Gott sei Dank, hatte Elvira ihn nicht gehört.
„Jetzt komm schon rein", sagte sie zu ihm. Krocket traute sich gar nicht. Er wollte nicht in eine schwierige Situation kommen, aus der er nicht mehr herausfinden würde. „Nimm Dir schnell einen Drink im Wohnzimmer, ich bin gleich so weit." Nach einigen Minuten und zwei Martini war Elvira startklar. „So jetzt können wir los." Krocket traute seinen Augen kaum. Sie hatte sich für ihn derart hübsch gemacht, dass er nicht glauben konnte, dies sei die kleine Elvira.

---

[11] Ich mag ein Mädchen aus der Stadt was dicke Waden hat.

Er roch nochmals am Martini, ob sie ihm nicht etwas hineingemischt hatte, was seinen Verstand irritieren sollte. Bei einer Psychologin weiß man ja nie.
Aber nein, alles schien ok. Sie verließen Elviras Domizil und schlossen die Tür hinter sich. Nachdem Elvira abgeschlossen hatte, begaben sie sich zu Krockets Wagen. Er öffnete ihr die Beifahrertür und sie stieg ein. Dann fuhren sie los.

20.30 Uhr

Michi lauschte immer noch den endlosen Diskussionen über Studiensysteme in Amerika und Deutschland. Steini schob Lisa das letzte Stück Pizza rein und Giovanni begrüßte Krocket und seine Begleitung in seinem Ristorante in Pasing.
Als Elvira sich gesetzt hatte, nahm Giovanni Krocket auf die Seite: „Krocket, endli hast Du mal richtige Frau dabei, so mag i das." Krocket schaute Giovanni etwas entgeistert an und war sich nicht ganz sicher, ob er ihn verarscht hatte.
„So, was wollt Ihr essen", fragte der Wirt seine Gäste. Krocket holte gerade Luft, da begann Elvira: „Wir nehmen einen Aperol-Spritz, dann die gemischte Vorspeise, dann die Jakobsmuscheln, die Spaghetti mit Wodka-Sahne und Knoblauch und dann die Garnelenplatte und zum Schluss die Erdbeer-Panacotta. Dazu einen Montepulciano, aber nicht den Hauswein sondern den 2010er, ok?" Giovanni hatte alles aufgeschrieben und schaute Krocket tief in die Augen. Er wollte wohl das abschließende ‚ok' von ihm haben, da sonst seine italienische Machowelt gestört wäre.

Doch Krocket sagte kein Wort. „Fehlt was", fragte Elvira. Da machte Krocket so eine kurze lässige Handbewegung nach dem Motto „Basst scho". Giovanni verschwand in Richtung Bar und Elvira griff nach Krockets Hand, der keine Chance mehr hatte diese wegzuziehen. „Julius, was ist denn los, bin ich wirklich so hässlich?" „Na heid schaugst a eher supersexy aus. Gfoist ma." „Nein, ich glaube es nicht, er hat mich endlich wahrgenommen."Elvira stand auf und gab ihm einen Kuss auf den Mund. Dabei schob sie ihm ihr Dekolleté weit genug entgegen, so dass er spüren konnte, wie warmherzig sie war.

In der Studenten-WG wagte Michi nochmal einen Versuch, Sandra loszueisen: „Komm, wir gehen zu mir, da sind wir ungestört und Uschi kann sich über die Amerikaner hermachen." „Michi, das geht nicht, sorry." Enttäuscht stand Michi auf und ging. Sandra lief ihm hinterher. „Michi, was ist. Bleib doch." „Nein, lass gut sein, wir sehen uns vielleicht morgen. Ich fahr ins Büro und schau mir unseren Fall nochmal in Ruhe an."

21.45 Uhr

Rita hatte Lisa gerade ins Bett gebracht und setzte sich zu ihrem Liebsten auf die Couch, Michi wälzte Akten im Büro und Krocket vertilgte gerade Garnelen vom Grill, als: „Ahhhh, Mist." „Was ist los, Rita?" „Ich glaub es geht los. Nimm die Tasche und fahr mich ins Krankenhaus. Ach ja und vergiß die Kleine nicht."

Hektisch packte Steini alles zusammen und holte Lisa aus dem Bett. Dann brachte er alle zu seinem Wagen, schmiss das Blaulicht an und hetzte zum Dritten Orden, wo auch Lisa auf die Welt gekommen war.

23.00 Uhr

Ritas Eltern hatten die Kleine im Krankenhaus abgeholt und Rita lag in den Wehen.
Elvira und Krocket machten sich auf den Heimweg.

Und dann, dann passierte, was Krocket unbedingt vermeiden wollte. Er saß auf Elviras Couch und sie lag in seinem Schoß. „Julius, Du kommst mir heute nicht aus. Nicht noch einmal", war das letzte was Krocket von ihr hörte. Dann drehte sie sich um und öffnete seine Hose. Sämtliche Verweigerung, die er sich selbst aufgetragen hatte, jeder psychische Keuschheitsgürtel fiel von ihm ab, als Elvira ihn in Stimmung bringen wollte. Er ließ es geschehen und dann hielt er es tatsächlich nicht mehr aus. Sie hatte was sie wollte.

Steini saß derweil im Kreissaal und hielt Ritas Hand ganz fest. „Hecheln Rita, Hecheln", rief er ihr zu.
Michi war über den Akten eingeschlafen.

23.30 Uhr

Nahezu zeitgleich klingelten die Handys der Beamten und jeder erhielt die Info, dass eine Streife etwas Auffälliges beobachtet hätte.

„Äh Elvira, i muas geh, sorry, aber i kim wieder versprocha", rief Krocket seiner Gespielin nur noch zu, bevor er Richtung Grünwald eilte.

„Du Rita?." Rita wusste was er sagen wollte. „Als ich Dich geheiratet habe, wusste ich, dass ich einen Polizisten bekomme und jetzt hau ab und spiel Räuber und Gendarm."
Steini eilte zu seinem Wagen.

Michi sprang zur gleichen Zeit in einen Dienstwagen, um so schnell wie möglich nach Grünwald zu kommen.

23.55 Uhr

Nahezu zeitgleich erreichten die Beamten die Streife, welche sie alarmiert hatte. Sie schalteten Blaulicht und Beleuchtung ihrer Fahrzeuge aus und begaben sich zu den Kollegen. „Servus", flüsterte der eine. „Do schaugts." Sie sahen einen Schatten wie er um das alleinstehende Haus herumschlich. Scheinbar versuchte er ein offenes Fenster zu finden.
Ohne ein weiteres Wort schlich Krocket die Einfahrt hinauf und versteckte sich jeweils hinter jeder Steinsäule, welche die Einfahrt zierten. Als eine Front des Hauses scheinbar unbeobachtet war, zog er seine 44er und sprang hinüber zum westlichen Ende des Hauses. Hier war die Eingangsseite.
„Michi, der spinnt, mocht wiada an Alleingang. I gäh hinterher und gib eam Deckung. Ihr schaugts, dass koana do rauskimmt klar?" Steini hetzte Krocket so unauffällig wie möglich hinterher. Als er am Haus ankam, konnte er Krocket nicht finden. Er schlich auf

die Terrasse und sah, dass ein Spalt der Tür zum Wohnzimmer offen stand. Dort schlich nun auch er hinein. Krocket hatte er schnell gefunden. Der hatte sich hinter der massiven Ledercouch versteckt und beobachtete den Psychopaten, wie er gerade Wasser für die Weißwürste aufsetzte. Steini flüstere zu ihm: „Spinnst Du Krocket, Du mid Deine Alloagäng, backman".
„Na mir wartn bisa ins Schlafzimma gäd." Nach wenigen Minuten malte der Täter ein rotes Herz mit einem Lippenstift auf die Küchenplatte, schenkte ein Weißbier ein, trank es aus und stellte es zu den Resten der Weißwurst. Dann schlich er hinauf ins Schlafzimmer.
Die zwei Beamten folgten ihm. Der Killer packte einen Beutel Rosenblüten, Spitzenunterwäsche und einen Kunststoffpenis aus. Zuletzt griff er zu einem Tuch und einer Flasche. Das Tuch befeuchtete er mit dem Inhalt der Flasche und dann schlich er zum Opfer. Als er ihr das Tuch auf den Mund drücken wollte sprang Krocket auf: „Polizei, sofort stehenbleiben, rührten sie sich nicht. Der Täter streckte kurz seine Hände in die Höhe, doch als Steini das Licht einschalten wollte sprang er durchs Fenster nach draußen. Mittlerweile war das Opfer auch aufgewacht. Der Schreck stand der jungen Frau ins Gesicht geschrieben. „Krocket wartete nicht lange und sprang ebenso durch das Fenster hinunter in den Garten. Er landete in einem weichen Blumenbeet und folgte dem Täter. Dieser war allerdings spurlos verschwunden.

0.45 Uhr

Steini griff zum Handy und rief Michi an: „Michi, hobts ihr wos geseng oder ghärt?" „Nein nichts, der hat sich in Luft aufgelöst." „Ruaf bitte dspusi und an Rettungswong. Die Frau soi vorsorglich ins Grangahaus."
Krocket rannte immer noch wie vom Teufel gejagt durch Grünwalds Vorgärten. Wo er nur konnte suchte er nach dem „brotzeitlden Schrecken" wie ihn die Presse mittlerweile nannte. Nach 15 Minuten brach er die Suche ab und kam zurück zum Haus.

1.30 Uhr

Die Spurensicherung traf ein. Dabei wie immer Hauptkommissar Stangl, der den Fall nicht aus den Augen verlieren wollte. Krocket wollte mit den Kollegen noch kurz das weitere Vorgehen abstimmen und dann zurück in die Stadt fahren. „Oiso, dspusi macht ihr Programm und mir konzentrieren uns auf die Opfer. Numoi olle Gemeinsamkeiten oschaung und so vielleicht no a bessers Muster finden.
Die Streifan bleibm do. Ok, dann ruggma mir ob."
Steinis Handy klingelte: „Hallo Papa, 3200 Gramm ein Junge." Es war Rita, die sich bei ihrem Mann meldete. „Mei Rita, supa und ois gsund?" „Alles bestens, Mutter und Kind wohlauf. Aber mach Dir keinen Stress, die Geburt ist vorbei. Und besuchen darfst mich heute eh nicht mehr. Ich liebe Dich!" „I di a."
„Krocket, Du därfst ma gratulieren, an Stammhoilter hob i." „Bravo des ghärt feiert. Gämma no zur Briggs? Bist dabei Michi?"

„Gerne, die Deppn von der Uni nerven eh a so." „Oiso dann backmas", forderte Steini seine Kollegen auf.
Krocket nahm sein Handy und rief bei Briggs an: „Grias Di Briggs, host Du no offad?" „I moch grod zua warum?" „Mir hädma no wos zum Feiern, da Steini is Bapa worn." „Na guad dann kimts und i wart auf Eich."

30 Minuten später standen alle drei bei Briggs an der Theke. „Briggs, die Kollegn san meine Gäst." „Wos issn wordn?" „A Bua." „Mei des gfreid mi, Prost!" Das Saufgelage nahm seinen Lauf. Irgendwann setzte sich Briggs zu Michi. „Bist a ganz a Hübscher gäi und Muskeln host a." Briggs griff Michi an den Arm und drückte etwas. Michi wurde ganz rot. Bei dem Ausschnitt, den das Vollweib heute präsentierte war das auch nicht verwunderlich.
„Du Michi, wenn Deine Aung glei in meim BH ling, dann hoistas a wiada aussa, ok?[12]" Krocket und Steini mussten lachen und Michi wurde noch roter als rot. Gegen vier Uhr waren dann alle voll wie tausend Mann und beschlossen zu gehen. „Jetzt lossts mi aloa, sauba."
„Briggs, mir miasma hoam heifd nix, pfiaddi." Alle drei hielten sich fest im Sirtaki-Griff und versuchten durch die Türe zu kommen. Einmal rechts rum, dann durch die Mitte. Einmal haute sich Michi den Kopf an, dann wieder Krocket. Nur Steini, der in der Mitte war, wurde von Blessuren verschont. Endlich hatten sie es geschafft. Auf der Straße drehte sich Michi erst einmal um und kotzte an die Hausmauer.

---

[12] Du Michi, wenn Deine Augen gleich in meinem BH liegen dann holst Du sie auch wieder raus ok?

Krocket pieselte daneben und plötzlich blitzte ein blaues Licht neben ihnen auf. Eine Streife hatte die drei entdeckt. „Hääää Trachtler, is Eich langweilig", rief ihnen Krocket zu. Die Uniformierten stiegen aus. „So Schäriff 1 und Schäriff 2", sagte Steini zu ihnen und tippte dabei jeweils auf ihre Stirn. Michi kotzte immer noch. „So meine Herren, jetzt mal die Ausweise bitte." Michi wischte sich kurz den Mund am Ärmel ab und alle drei zogen ihre Marken.
„Aha Mordkommission." „Mir hamma wos zum Feiern ghabt, i bin heid Bapa worn", sagte der stolze Vater. „Na gut meine Herren, dann drücken wir nochmal ein Auge zu, aber bitte schauen Sie, dass Sie von der Straße runterkommen." „Jawohl Herr General", schmiss ihnen Krocket zu und salutierte dabei. Als sie sich umdrehten, zeigten ihnen alle drei den Mittelfinger. Dann versuchten sie unbeschadet zu Krockets Appartement zu kommen.

Sonntag, 15. August, 9.00 Uhr

Mit einem lauten Gähnen und stechendem Schmerz wachte Krocket auf. Alsgleich weckte er seine Kollegen. „Steini, Du soidadst jetza a moi zur Rita farn." Steini war immer noch breit und antwortete nur: „I glab i loss mi farn, is gscheida, scheise mei Hirn", war das Letzte was er sagte, bevor er unter die Dusche sprang. Krocket versuchte einstweilen einen Kaffee zu machen.
Auf der Couch grunzte ihr junger Kollege derweil immer noch vor sich hin.
Um seinen Kopf schnell loszuwerden bereitete der Hausherr drei Giftmischungen zu. Jeweils ein Ei, Tomatensaft und jede Menge Tabasco. Er stellte die Gläser auf den Tisch und begann, Michi wach zu rütteln. „Moing, wachwerdn, Frühstück städ am Disch." Krocket spülte seinen Kater mit einem Schluck runter. Michi räkelte sich und Steini stellte das Glas mit einem „Pfuideifi" sofort wieder hin. „Oiso pfiadd Eich, i fahr zur Rita ins Grangahaus." Nachdem Michi endlich aufgestanden war, versuchte er wahrzunehmen, was um ihn herum geschah, nur leider war er dazu noch nicht in der Lage. „Do drink des, dann werds scho wieder."
Ohne zu fragen setzte Michi das Glas an und trank es aus. Wie vom Blitz getroffen rannte er dann ins Bad und übergab sich. „Höö Blasi langsam, so schlimm is a wida ned!"[13], versuchte Krocket ihn zu beruhigen. Doch Michi ekelte sich derart, dass er den aktivierenden Drink nicht bei sich behalten konnte.

---

[13] Halt mein Lieber, mach langsam, ist doch nicht so schlimm

Eine halbe Stunde später verschwand auch er und Krocket war alleine. Er fühlte sich gar nicht so schlecht und beschloss, sich bei Elvira zu melden, wie er es versprochen hatte: „Hi Elvira, na wie geht's Dir?"
„Julius mein Lieber, es geht mir gut. Komm doch vorbei!" „Du, wir waren ziemlich beim Saufen und ich brauche Rekonvaleszenz." „Na, wo bist Du dann besser aufgehoben als bei mir." Krocket hatte schon wieder Bilder im Kopf. „Was die wohl unter Rekonvaleszenz verstehen würde." „Also kommst Du jetzt oder nicht?" „Ob ich komm, weiß ich nicht, aber ich bin in 30 Minuten bei Dir."
Er sprang noch schnell unter die Dusche und nahm sich dann ein Taxi in die Wörthstraße. Als er bei Elvira eintraf, empfing sie ihn in einem wunderschönen roten, seidigen Nachthemd. „Komm rein und leg Dich auf die Couch. Ich kümmere mich um Dich." Krocket tat was Elvira ihm aufgetragen hatte und legte sich ins Wohnzimmer auf die riesengroße Spielwiese. Elvira verschwand im Bad und als sie zurückkam, hatte sie ihre Hüllen fallen gelassen.

Krocket traute seinen Augen kaum, denn ihre kleinen Pölsterchen waren derart gut platziert, dass sie mehr als nur eine wollüstige Aura hatte. In der Hand hatte sie ein Fläschchen mit Massageöl. „Zieh Dich aus, ich massier Dich, dann geht es Dir gleich besser." Krocket zog sich aus, obwohl er unsicher war, was sie mit ihm vorhatte. „Leg Dich auf den Bauch", sagte sie und Krocket tat, was sie wollte. Mit sehr einfühlsamen Bewegungen massierte sie ihm das Kopfweh weg und dann versuchte sie ihn umzudrehen. „So, wo ist denn der Kleine?", fragte sie ihn.

Nun begann sie ihn auch an der Stelle zu massieren, wo es ihr wohl am sinnvollsten erschien, doch es rührte sich nichts. Immer mehr Öl gab sie auf den Stab der Begierde, doch helfen wollte es nichts. Irgendwann reichte es und die völlig hornige Psychologin verschwand erneut im Bad, aus welchem Sie eine kleine blaue Tablette holte.
„Was ist denn das?", fragte er. „Nimms und alles wird gut." Krocket warf das Viagra ein und 20 Minuten später traute er seinen Augen kaum. Sein kleiner Helfer wuchs über seine Grenzen hinaus.
Elvira packte ihn und dann wurde es Krocket ganz anders. Er hatte das Gefühl, er könnte nun alles vögeln was ihm vor die Flinte käme ohne jemals müde zu werden und den Moment nutzte Elvira aus.
Sie schwang ihre prallen Hüften auf ihn und begann wie wild zu reiten. Irgendwann hatte er genug und drehte sie um. Nun gab er Gas und es patschte auf ihrem Hintern, dass es kaum besser hätte sein können. Mit einer geschickten Bewegung beugte er sich nach vorne und begann mit leichten Streicheleinheiten an ihren Brüsten und unter ihrem Bauch. Das machte sie wahnsinnig.
Immer wieder hatte er sie kurz dort, wo sie hin wollte, und dann klatschte er ihr auf den Hintern, als wollte er ein Pferd vorantreiben.
Das trieb sie in den Wahnsinn und als er dies zum fünften Mal tat, kam sie und kurz drauf auch er. Abgekämpft sanken sie zusammen und Elvira drückte sich zärtlich an ihn.

Sie hatte ihn da, wo sie ihn wollte. Sie schliefen eng umschlungen ein, nur das laute Geräusch der Trambahn konnte sie einige Zeit später wieder wecken. „So mein Liebster, das war wunderbar und glaub nicht, Du solltest Dich in mich verlieben, ich mag Ungebundenheit", sagte sie zu ihm und gab ihm einen zärtlichen Kuss. War das nicht das was er gerne hören wollte, genauso wollte er es doch. „Elvira, das war wunderbar und gerne jederzeit wieder", schmachtete er an sie hin. „Gerne doch Julius, du bist mir immer willkommen."

12.30 Uhr

„Ich hab Hunger Elvira. Hast Lust, gehen wir hinüber in den Haidhauser Augustiner?" „Ui, das ist eine tolle Idee. Lass uns noch schnell duschen und dann einen Schweinebraten essen".
Die zwei sprangen gemeinsam unter die Dusche und wuschen sich ab. Als sie sich dann angezogen hatten gingen sie den kurzen Weg über die Straße in das alte Münchener Traditionswirtshaus. Sie suchten sich einen Tisch und der Ober kam zu ihnen. Krocket bestellte ein Cola und Elvira ein Bier. Dazu gab es zwei Portionen Krustenbraten. „Julius, Dir scheint es ja wirklich schlecht zu gehen, dass Du Cola trinkst."
„Naja es war gestern echt heftig." Krocket erzählte ihr die ganze Geschichte und seine Begleitung war sichtlich amüsiert.
Um zwei gingen sie wieder zu Elvira hinüber und legten sich erneut auf die Couch. „Du Elvira, wie lang wirkt denn das Zeug?" „Warum?" „Schau mal!" Krocket hatte erneut eine fast schon erschreckende Erektion. Elvira zögerte nicht lange und nutzte die Gelegenheit. Erneut begann sie auf ihm zu reiten. Krocket

massierte ihr dabei die Vulva und genoss seine Standfestigkeit. Wie wild wechselten sie von einer in die andere Stellung und der Nachmittag schien wie im Fluge zu vergehen.

15.00 Uhr

Steini hielt endlich seinen Stammhalter im Arm. Ganz stolz war er. Lisa zupfte an ihm rum und wollte ihr Brüderchen sehen. Seine Schwiegereltern, die Lisa gebracht hatten, gratulierten ihm. Trautes Familienbeisammensein.
Michi hatte sich derweil zu Sandra ins Bett geschlichen und sie tummelten sich in ihrem Matratzenlager. Keiner hatte Lust aufzustehen. Doch die drei Mordermittler hatten ihren Fall im Kopf und konnten nicht so richtig abschalten.

Wie ferngesteuert verabschiedete sich jeder irgendwann von seiner Liebsten und fand sich im Büro ein. Dieses Büro war wie eine zweite Heimat für sie. Diese muffeligen Beamtenschreibtische und dieser alte Linoleumboden. Alles nicht sehr einladend, aber die vielen Schicksale und deren Geschichte die diese Räume gesehen hatten füllten riesige Archive. Beispielsweise Hans Eichhorn der am 29. Januar 1939 festgenommen wurde. Er war ein Sexualmörder, der in den dreißiger Jahren reihenweise Frauen auflauerte. Die tatsächliche Anzahl seiner Opfer ist immer noch unbekannt. Er wusste es selbst nicht mehr. 11 Jahre lang war er auf zügelloser Mädchenjagd in und um München. Nach seiner Verhaftung und Verhör in diesen Räumen, sagte die Polizei selbst, er sei wie ein wildes Tier gewesen.

Verurteilt für fünf Morde und 90 Vergewaltigungen wurde er schließlich durch das Fallbeil hingerichtet. Die tatsächliche Anzahl der verschiedenen Sittlichkeitsverbrechen soll aber bei mehreren hundert liegen.„Was ein Zufall", sagte Michi,als er die Tür öffnete. Steini und Krocket waren bereits da.

„Da hamma olle as Gleiche denkt, oder?" „Genau. Einsamer Beamter kämpft sich nochmals durch die Aktenlage und rettet die Welt." Sie mussten alle lachen.

„Oiso Leid", begann Krocket, „I moan mir fangma numoi mid die Gemeinsamkeiten o, weil irgendoan Grund muas ja gebm, dass der genau die Weiba ausgsuacht hod."

„Ok, dann schaung ma a moi um a Raster wos sei kand?" Michi begann: „Sportverein, Fittnesstudio." Krocket ergänzte: „Frisör, Gigolo, Rechtsanwalt." Steini fiel auch noch etwas ein: „Hausarzt, Gynäkologe, Steuerberater, Psychotherapeut." Sie sammelten eine Zeit lang und versuchten dann ein Raster aufzubauen, um bereits jetzt zu ergänzen, was sie schon wussten.

Als sie alles an einen Metaplan gehängt hatten, betrachteten sie einträchtig ihr Tagwerk, als ob sie in einer Galerie nach dem Sinn eines Bildes suchen wollten. Nach ein paar Minuten formulierte Steini einen konkreten Vorschlag, wie mit den offenen Fragen umzugehen sein. „Oiso, MichiDu fahrst zu der Frau Oswald, Krocket Du zur Wortgeber."

Krocket unterbrach ihn: „Ähh Steini konnst di ned Du nehma i kannd dann zu dera vo gestan geh." „Warum? I häd gmoant Du verstähst die Oide so guad?" „Jetza frog neda und fahr Du zu dera." „Na Guad, dann fahrst Du zur Frau de Chamrie, is woi Französin oder so". „Michi dann gähst Du no zum dritten Opfer, zuuuu…. dera Frau…" Steini schaute angestrengt auf die Informationen „…Sohlmann genau."
„Aber wir warten bis morgen, oder?" fragte Michi. Seine beiden Kollegen lachten. „Freili wartn mir, mir brauchma ja no an Doudn oder, Michi?", frotzelte Steini. Michi hatte verstanden. Alle drei machten sich auf den Weg Richtung Grünwald.

19.00 Uhr

Steini ließ Michi in der Nähe von Frau Oswald raus, dann brachte er Krocket zu Frau de Chamrie. Er selbst, fuhr weiter zum Hause Wortgeber.
Und wie sollte es auch anders sein! An was dachte Krocket wohl bei einer Französin? Genau. „Die Franzakenweiber homm doch olle nur oans im Sinn", murmelte er vor sich hin.
Am Tor zur Einfahrt drückte er den Klingelknopf und eine Stimme fragte ihn, wer er sei. „Krockberger Mordkommission, wir hätten noch ein paar Fragen." „So spät? Kommen sie bitte morgen wieder!" „Ich denke nicht, dass ich morgen wiederkomme, es pressiert?" „Was bitte ist pressiert?"
„Wir haben nicht viel Zeit und jetzt machen sie bitte auf." „Kommen Sie morgen wieder und lassen sie sich vorher einen Termin geben."
Krocket platzte der Kragen. Kurzerhand kletterte er über das Tor und lief auf das Haus zu. Die Tür öffnete

sich und dort stand ein Butler. „Ich sagte doch, kommen Sie morgen wieder und lassen Sie sich einen Termin geben. Madame empfängt heute nicht mehr."
Krocket schob den Buttler auf die Seite: „So Pinguin, stell Dich da hinten zum Aquarium, da passt Du gut dazu."
„Aber mein Herr, so lassen Sie das doch bitte." Nachdem sich ihm der Butler in den Weg stellte, hatte Krocket die Schnauze voll. Er nahm ihn in den Polizeigriff und legte ihm Handschellen an. Das andere Ende machte er am Treppengeländer fest. „So und nicht weglaufen, schön aufpassen."
Krocket ging durch den Salon in das Wohnzimmer, wo die Dame gerade damit beschäftigt war, ihre Fußnägel lackieren zu lassen. „Wer sind Sie, was wollen Sie?", schrie sie erschreckt. Die Hausdame ließ sofort von ihr ab. „Mein Name ist Krockberger, ich komme von der Mordkommission und Ihr Pinguin wollte mich nicht hineinlassen. Ich habe aber ein paar wichtige Fragen, die nicht warten können."
„Lassen Sie sich doch bitte einen Termin geben und kommen Sie morgen wieder." „Ich will keinen Termin. Ich brauche Antworten es geht um den Mann, der Sie überfallen hat. Wir wollen nicht, dass es noch ein Opfer gibt." „Das ist nicht mein Problem und jetzt gehen Sie bitte." „Ich gehe hier nicht weg, bevor ich Antworten habe, dass das klar ist und wenn das die ganze Nacht dauert. Ich kann Sie auch mit aufs Präsidium nehmen und dort befragen, kein Problem."
„Dann stellen Sie schon ihre langweiligen Fragen!"
„Na also, geht doch. Bei welchem Frisör sind Sie?"
„Chez Charlie in der Maximilianstraße."
„Wie heisst Ihr Hausarzt?" „Dr. Müller von Weigadshausen."

„Wer ist Ihr Gynäkologe?" „Wie bitte, was geht Sie das an." „Beantworten Sie bitte die Frage." „Na schön, Dr. Feuchtgärber." „Ihr Rechtsanwalt und Steuerberater?"
Die Befragung schritt voran und Krocket bekam alle Informationen, die er brauchte.
Als er fertig war, verabschiedete er sich und ging wieder hinaus zum Butler. Als er ihm die Handschellen wieder abgenommen hatte, tätschelte er ihm wie Wange. „Nix für ungut gell, wir machen alle nur unseren Job."
Auf dem Weg zum Tor hinunter rief er bei Steini an. „Servus, wia weid bistn Du?" „Servus, grod fertig worn, schene grias vo Deina Bettina." Krocket zog eine genervte Grimasse. „I wart dann auf da Stroßn auf Di" „Ok, da Michi hod a scho ogruafa bin scho aufm Weg."
Kurz vor dem Tor schaute Krocket in die Überwachungskamera, die oberhalb des Tores auf einer Eingrenzung montiert war. Er winkte hinein, aber nichts tat sich. Plötzlich hörte er Hundegebell vom Haus auf ihn zukommen. Erneut sprang er an das Tor und versuchte, hinauf zu klettern. Er hatte das Ende gerade erreicht, als der erste der zwei Dobermänner versuchte, ihn zu schnappen. Mit letzter Kraft schwang er sich hinüber, dann schaltete sich die Gegensprechanlage ein. Es war der Butler: „Nichts für ungut Herr Kommissar, wir machen nur unseren Job." Dabei lachte er. Krocket klopfte sich den Dreck vom Tor aus den Klamotten: „Scheiss Pinguin."
Kurz drauf hielt Steini vor ihm an und er stieg ein. Nun war ihr Ziel, Michi wieder aufzugabeln.

„So und host wos bsonders?" „Na Krocket, nur a aufdrahde Oide dera liaba gwen ward du waradsd zu ihra kemma. Und Du?" „Des sand Spinna, woitn mi ned eini lassn. Hob mi aber durchgsetzt." „Supa, kriang ma wieda an Ärga." „Und wenn, dann isma wurscht, der foi is wichdiga."
Nachdem sie nun den letzten im Bunde aufgegabelt hatten, fuhren sie zurück ins Präsidium um ihre Infos abzugleichen.

21.00 Uhr

Alle hatten ihre Daten auf der Matrix eingetragen und dann sahen sie das Ergebnis. Die Damen ließen sich alle die Haare bei Chez Charlie in der Maximilianstraße schneiden.
„Wow, das ist doch ein Anfang, oder. Morgen befragen wir den Frisör?" „Mei Michi moang is Monddog und Monddog homd di Schwuchtln frei", sagte Steini zu ihm.
„Na und, dann suachd Adress vo dem Inhaber aussi und mir fahrma glei hi."
Michi setzte sich an seinen Computer.
Der heisst Karl Kirchberger und wohnt im Glockenbachviertel. „Oiso auf gäds, fahrma."
Den kurzen Weg hatten sie schnell gemeistert und so standen sie vor der Tür des Friseurmeisters.
Steini drückte den Klingelknopf, doch nichts passierte. Krocket begann gegen die Türe zu hämmern: „Aufmachen, Polizei." Durch den Lärm wurden andere Hausbewohner aufs Parkett gerufen. Alle öffneten ihre Türen einen Spalt, um ihre Neugierde zu befriedigen, dann öffnete der ca. 50jährige endlich.

„Ja bitte, was wünschen Sie?" „Mein Name ist Steininger und das sind meine Kollegen Krockberger und Huber von der Kriminalpolizei. Wir hätten ein paar Fragen." Krocket und Michi hatten sich bereits umgedreht, da sie sich ein Lachen nicht verkneifen konnten. Der kleine untersetzte Mann hatte einen Seidenkimono an und trug dazu pinke Häschenhausschuhe.

Aus dem Hintergrund hörte man eine etwas tuntige Stimme:
„Hase was ist denn, der Jasmintee wird doch kalt."
„Puschel, hier sind drei starke Männer von der Polizei, die haben Fragen."
„Was, drei starke Männer, dann lass sie rein, oh Gott wie seh ich denn aus, ich mach mich schnell frisch."
„Also meine Herren, dann huschen sie mal rein in die gute Stube. Bitte durchzugehen bis ins Wohnzimmer."
Das vollständig in Pink eingerichtete Mädchenzimmer roch über und über nach Lavendel und Rosen. „Also Herr Kirchberger", begann Krocket. „Ach bitte nennen Sie mich doch Charlie." „Also Tscharlie." „Nein Charlie, auf Französisch."
„Also Charlie auf Französisch, kennen Sie diese Frauen?", Steini hielt ihm Bilder der Opfer unter die Nase. „Ihhhh, wer macht denn so etwas, diese Haarfarbe mit der Bettdecke, das geht gar nicht." „Kennen Sie die Frauen oder nicht?"
„Ja, die kenne ich, sind alle Kundinnen von mir."
Zwischenzeitlich kam Karls Lebensgefährte aus dem Schlafzimmer zurück. „So Jungs, jetzt bin ich bereit für Euch."
Er setzte sich auf Krockets Schoß. Dem war das sichtlich unangenehm und Michi und Steini bekicherten

sich. „Arbeiten Sie auch im Laden vom Karl." „Na klar, ich bin für die Wattebällchen zuständig." „Kennen Sie auch diese Frauen."
„Ihhh, wer hat denen denn diese Haarfarbe verpasst?"
„Kennen Sie diese Frauen?", fragte Steini nochmals mit Nachdruck.
„Ja, das sind Kundinnen von uns." „Die Haarfarbe ist von mir mon amour, aber dieses dämliche Rouge sieht ja aus wie Ketchup."
Die zwei begannen sich zu streiten und Krocket reichte es zusehens.
„So, Sie packen jetzt ein paar Sachen zusammen und kommen mit aufs Präsidium. Dann können Sie getrennt von einander eine Aussage machen. Und ziehen Sie sich bitte etwas Normales an - ich glaub ich spinne."
Kleinlaut verzogen sich die Stylisten ins Schlafzimmer und zogen sich um. Als sie nach ein paar Minuten nicht zurückkamen, kontrollierte Michi was los war. Das Fenster stand auf und Hase und Puschel waren abgehauen.
„Kollegen, die sind weg." „Na supa, mir sand doch die grässan Deppn, die rumlaffan, zi fix." Steini schlug mit der Faust gegen die Wand und Krocket holte sein Handy raus. „Zentrale, hier Krockberger, mir hädma a Fahndung. Gesucht wird Karl Kirchberger, Mitte 50, untersetzt. Begleitet wird er von einem Freund, ca. 180, rotbrauner Haarschnitt wie Nick Kamen in die 80er oder Hansi Hinterseer oder so." „Verstanden, gesucht wird Hansi Hinterseer in Begleitung von Nick Kamen beide Mitte 50."

„Naaaaaaaaaaaa", schrie Krocket ins Telefon. Er wiederholte seinen Fahndungsaufruf und dann hatte es der Kollege in der Zentrale endlich verstanden.
„Gefahr im Verzug oder, Steini?"
„Freili, ois durchsuacha." Sie öffneten alle Schränke und Schubladen, um nach möglichen Beweisen zu suchen. Irgendwann kam Steini aus dem Schlafzimmer und hatte alte Liebesbriefe und Fotos in der Hand. Charlie schien nicht immer homosexuell gewesen zu sein. Er hatte Liebesbriefe von Frauen, welche ihm die wildesten Komplimente machten.
Nur irgendwann rissen die Briefe immer ab. Stattdessen bekam er dann mehr oder weniger Ausredeschreiben, warum sich die Frauen nicht mehr mit ihm treffen wollten. Auf einige der Bilder hatte er Blitze und Totenkreuze gemalt. „So backma oissi ei und dann ab ins Präsidium"

23.00 Uhr

Nachdem sie alle Beweise registriert hatten, fragten sie nochmal nach, ob die Fahndung etwas ergeben hatte. Doch es gab keine Spur von den Flüchtigen.
Da sich alle sicher waren, sie seien auf der richtigen Spur, wollten sie abwarten, was die Fahndung ergeben sollte, bis Krocket vorschlug, in die Maximilianstraße zu fahren und im Laden nachzusehen.
Sie machten sich also wieder auf den Weg und fuhren in die teuerste Einkaufsmeile Münchens. Am Laden angekommen stieg Krocket aus und schaute durch die Scheibe. Zuerst konnte er nichts sehen, doch dann erkannte er das aufblitzen einer Taschenlampe. Er rief seine Kollegen herbei: „Gäds her, die sand do." Wie Kinder drückten sie sich ihre Nasen am Schaufenster

platt und konnten ziemlich deutlich erkennen, wie Puschel und Hase versuchten, aus Handtüchern ein Bett zu bauen. „Gefahr im Verzuag, Steini?" „Freili." „Michi hoi amoi des Brecheisen ausm Kofferraum", sagte Steini. Der junge Beamte holte das Werkzeug und gab es seinem Kollegen.

Mit einem kurzen Stoß schlug Steini die Scheibe der Eingangstüre ein und sprang in den Friseurladen. Seine Waffe hatte er in der Hand. „Polizei, keine Bewegung." Michi schaltete seine Taschenlampe ein. Wie zwei kleine verschreckte Kinder kauerten die beiden Verdächtigen auf einem Berg von Handtüchern.
„Michi, nimms fest", sagte Steini. Der holte seine Handschellen raus und Krocket gab ihm ein weiteres Paar, dann legte er sie den zwei Männern an und half ihnen beim Aufstehen. „Sie sind festgenommen", sagte Krocket. „Sie haben das Recht zu schweigen, alles was sie ab jetzt sagen kann und wird vor Gericht gegen sie verwendet. Sie haben das Recht auf einen Anwalt, wenn Sie sich keinen Anwalt leisten können wird Ihnen einer von Staatswegen gestellt." Steini hatte derweil eine Streife gerufen. Diese war kurz drauf da. „Nehmts die beiden mid und schliassts as wegga. Mir kimman uns moing in da Fria glei drum. Aber getrännte Zein gä?"
Puschel und Hase wurden in den Streifenwagen verfrachtet, im Präsidium polizeilich registriert und dann in zwei getrennte Zellen gesperrt.
Die drei Kollegen verabschiedeten sich voneinander und planten Montagmorgen um acht weiterzumachen.
Die beiden erfahrenen Partner fuhren nach Hause und Michi versuchte sich noch mit Sandra zu treffen.

Als er in der WG ankam, tobte gerade eine Party. Sandra begrüßte ihn liebevoll:
„Hallo mein Schatz, komm setz Dich zu mir." „Hallo Süße, na taugt die Party etwas?" „Ja klar, die Jungs aus den USA sind total lustig und Uschi hat sich mit dem einen schon enger befasst." „Wie enger?" „Na schau da hinten."
Uschi hatte sich einen der Amerikaner auf die Couch geschleppt und kuschelte sich an ihn hin. Es schien ihm nicht unangenehm und er erwiderte ihre Zärtlichkeit. „Magst noch etwas trinken, Michi?"
„Nein, lass gut sein. Stört es Dich,wenn ich mich schon hinlege, ich muss morgen um acht im Büro sein." „Nein, leg Dich ruhig hin, ich komm dann später nach." Michi ging in Sandras Zimmer und zog sich aus. So abgekämpft wie er war, schlief er auch gleich ein. Um zwei kam Sandra ins Bett.
Sie wollte ihn nicht wecken und versuchte sich möglichst unbemerkt neben ihn zu legen, doch Michi wachte trotzdem auf. „Hmmmm, da bist Du ja, wie schön. Du Sandra, magst nicht doch zu mir ziehen? Mir ist das alles zu anstrengend und die Parties sind zwar lustig, aber ich pack das auf Dauer nicht. Mit meinem Schichtdienst ist das alles nicht so einfach und ich möchte doch gerne weiterkommen und dazu muss ich mich mehr engagieren."
„Ich weiß nicht Michi, die WG ist mir wichtig und was soll aus Uschi werden?" „Ich kann meine Karriere und meine Beziehung aber nicht von Uschi abhängig machen." Es drohte zu eskalieren, doch keiner der beiden wollte einen Streit vom Zaun brechen. Also beschlossen sie es dabei zu belassen und schliefen eng umschlungen ein. Am nächsten Morgen um sieben klingelte Michis Handy.

Es war sein Wecker. Sandra drehte sich nochmal um und er stand auf.

Nachdem er im Bad war, zog er sich an und wollte Sandra noch einen letzten Kuss zu werfen, als sie sich zu ihm umdrehte und sagte: „Ok Michi, ich zieh zu Dir, wenn es Dir hilft." „Wirklich, das ist so schön Sandra, ich bin glücklich." „Wenn Du glücklich bist, dann bin ich es auch." Um acht kam er im Büro an.

Montag, 16. August, 8.00 Uhr

Seine beiden Kollegen standen bereits an den Metaplänen und überlegten sich die Fragen für das Verhör der Frisöre.
„Moing Michi, mir schaungma uns grod numoi die Sachan vo dem Kirchberger o." „Woast Krocket i moan mir gämma speziell auf die Weibasachan ei und seine Probleme di a woi mid Frauan ghabt hod", plante Steini. „Weist eigentlich irgendwas drauf hin, dass der beim Bund war oder sowas", fragte Michi. „Na, da hamma nix gfundn."
„Oiso Michi, Du schnappst da den andern, mir quetsch ma den Kirchberger aus." Michi ging hinaus und bat einen uniformierten Beamten die zwei Verdächtigen in die Verhörzimmer zu bringen.
Kurz drauf fanden sie sich auch ein. „So Herr Kirchberger, hams gut geschlafen?" „Naja eine Schönheitsfarm ist das hier ja nicht gerade und meine Haare, ich schau ja aus." Krocket drückte die Taste des Aufnahmegerätes und begann wie gewohnt: „Aktenzeichen AKQ133243, Verhör des Karl Kirchbergers in Sachen der Überfälle in Grünwald und des Mordes an Dr. Oswald."
„Sagen Sie mal Herr Kirchberger, haben Sie eigentlich ein Problem mit Frauen?" „Wieso mit Frauen, ich liebe Frauen, sie haben so tolle Haare. Und außerdem bin ich wohl schwul." „Und wo waren Sie am Dienstagnacht und die Nächte darauf?" „Zu Hause, Puschel kann das bezeugen." „Jetzt hat sichs ausgepuschelt, Sie lügen doch wie gedruckt." Steini stieg ein: „Und ob Sie ein Problem mit Frauen haben.

Hier Ihre Korrespondenz sagt, dass sie früher mal viele Beziehungen zu Frauen hatten, die dann immer wieder abgebrochen sind. Wurden sie abgelehnt, haben Sie dadurch einen Hass entwickelt?" „Nein, ich war in der Findungsphase und immer wenn es zum Sex kam habe ich versagt." Krocket ging hinaus und rief vom Büro aus bei Dr. Pfissing an.

„Servus Elvira, Du konnst Du amoi zu uns umikemma mir verhärn grod ebban.[14]"

„Julius, gerne komm ich rüber, kein Thema." Kurz drauf war Elvira da und stellte sich hinter die Scheibe des Verhörraums, um die Reaktionen des Verdächtigen zu beobachten. Steini wurde immer aggressiver. „Wurden Sie von den Frauen nicht verarscht, als sie nicht konnten? Haben Sie deswegen Blitze und Beschimpfungen auf die Briefe gemalt und wollten Sie sich vielleicht an den Frauen rächen?" „Nein, Nein, ich sagte doch, ich war in der Findungsphase und habe erkannt, dass Frauen nichts für mich sind." „Ach ja? Hier in dem Brief steht, die Frau hätte sich gewundert dass Sie sie mit einem Vibrator penetriert hätten, anstatt mit ihr zu schlafen und dass Sie für sie ein Versager sind." „Ja und ich habe sie nie wiedergesehen." Krocket kam wieder dazu: „Wo haben Sie eigentlich diesen Griff zum Genickbrechen gelernt?" „Bei der Bundeswehr oder machen Sie Kampfsport?"

„Bitte was? Ich war nicht bei der Bundeswehr, ich habe ein schwaches Herz und deswegen mache ich auch keinen Sport." „Und wie ist es so, wenn jemand stirbt und Sie können ihm dabei zusehen, törnt Sie das an?"

---

[14] Kannst Du zu uns rüberkommen? Wir verhören gerade jemanden.

„Ich bringe keine Leute um und die einzige Tote, die ich bisher gesehen habe, war meine Oma."
Steini bohrte nach: „Herr Kirchberger, jetzt erzählen Sie nicht so einen Mist. Sie hatten große Freude am Töten. Ihnen ist doch einer abgegangen, so geben Sie es doch zu! Wenn Sie gestehen, dann fällt die Strafe nicht so hart aus. Aber wahrscheinlich kommen Sie eh in eine Anstalt für Sexualstraftäter." „Ich sage jetzt nichts mehr. Ich möchte meinen Anwalt sprechen."
Steini ging hinaus und bat einen Kollegen den Verdächtigen wieder in seine Zelle zu bringen. Krocket beendete das Verhör. „Ende Vernehmung Kirchberger."

10.10 Uhr

Beide gingen hinüber zu Elvira und wollten ihre Meinung wissen. Sie spielten ihr noch mal das ganze Verhör vor und dann sollte sie versuchen, die Aussagen auf das zuvor erstellte Profil zu matchen. „Also, wenn Ihr mich fragt, der war es nicht. Der kann doch keiner Fliege was zu leide tun." „Bist Du Dir da sicher?" „Ja Julius bin ich, Ihr habt doch selbst gemerkt, was der für ein Weichei ist und wie er neben zwei solchen Alphatierchen, wie Ihr es seid seelisch eingebrochen ist." Michi kam auch dazu. „Und Michi, woast Du wos?" „Nein, der hat gar keine Ahnung von nichts. Das Verhör war für den Arsch."
„Na guad Michi, dann losd beide laffa, sogst eana aber mir kemman numoi in an Lodn", bat Krocket den jungen Kollegen. „Es muas doch wos mit dem Lodn zum dua ham, des is die einzige Gemeinsamkeit der Opfer." Elvira hielt sich ihren Zeigefinger an die Lippen. Ein kurzer Moment der Stille schien eine neue

Idee zu gebären. „Hast Du eine Idee, Elvira?" „Ja Julius. habe ich tatsächlich. Der Schmitz muss doch wieder eine Pressekonferenz machen. Der soll sagen, dass wir im Dunstkreis eines Nobelfriseures in der Maximilianstraße ermitteln. Vielleicht schrecken wir damit den Täter auf. Wir müssten den Laden halt rund um die Uhr observieren."
„Super Idee, so machen wirs", lobte Krocket Elvira und gab ihr einen Klapps auf den Hintern.
Als Michi zurückkam, erläuterten sie ihm den Plan und dann gingen sie zu Kriminalrat Schmitz.
„So meine Herren, setzen Sie sich. Gibt es etwas Neues? Sie wissen ja, heute um 14.00 Uhr muss ich wieder eine Pressekonferenz geben." Sie erklärten ihrem Chef den Plan und der stimmte zu.

14.00 Uhr

Der Polizeipräsident betrat den Konferenzraum. „Meine Damen und Herren, zum Stand der aktuellen Entwicklung im Mord und in den Überfällen in Grünwald wird Ihnen nun Herr Kriminalrat Schmitz Rede und Antwort stehen." Schmitz trat nach vorne und versuchte wie immer dem Blitzlicht der Fotografen auszuweichen. „Ich bitte heute von Fragen abzusehen. Sie bekommen von mir einen aktuellen Stand. Wir haben eine Spur, die uns in den Dunstkreis eines Nobelfriseures in der Maximilianstraße führt. Wir sind sehr nahe am Täter dran und ich hoffe wir können Ihnen in Kürze einen Fahndungserfolg melden. Guten Tag!"
Schmitz und der Polizeipräsident verließen den Konferenzraum gemeinsam wieder, während die Journalisten tobten.

Nun musste man abwarten, ob der Zeitungsartikel den gewünschten Erfolg bringen würde.

Der Nachmittag und kommende Abend verliefen ruhig. Von den Streifen gab es keine Meldungen und die drei Beamten analysierten weiter alle Informationen, die ihnen zur Verfügung standen. Dabei dachte keiner von ihnen, dass sich alles plötzlich in eine andere Richtung entwickeln würde.

Dienstag, 17. August, 9.00 Uhr

Der Duft der großen weiten Welt aus Großlappen zog über die Studentenstadt, als in einem Keller des größten Apartmenthauses nur das schwere Atmen das Umblättern einer Zeitung gestört wurde. Der Keller war angsteinflößend, überall voll mit Bildern die den Tod bedeuteten und mittendrin, da ärgerte sich jemand. Jemand, der sich gerade eine Zeitung besorgt hatte...., ‚der „brotzeitlnde Schrecken". „Ihr werdet mich nie kriegen, niemals, denn ich bin klüger als ihr. Ich werde die Stadt von den ludernden Frauen befreien, die alleine zu Hause sind und ihr Unwesen treiben." Der Mann entsprach genau der Beschreibung von Frau Dr. Pfissing. Vielleicht hatte er ja angebissen.

Die Ermittler legten derweil das weitere Vorgehen fest.
„So Kollegen, dann teilma uns in drei Schichten auf. Gerne nimm i die Nachtschicht, weil im Moment konn i nachts eh ned schloffa, wega dem Gloa."
„Ok Steni, dann moch i an Dog." „Super und ich darf die Frühschicht machen. Bravo. Jetzt wo Sandra zu mir zieht." „Ja Michi, Gratulation, hostas endlich gschafft", sagte Krocket. „Ja, keine ewigen Studentenparties mehr. Sie muss Uschi nur noch sagen, dass sie auszieht. Die wird nicht begeistert sein."
„Na guad, dann gähst Du jetza hoam Steini und mir Michi fahrma zum Lodn." Steini fuhr nach Hause um Rita zu unterstützen und die anderen zwei machten sich auf den Weg zur edelsten Shoppingmeile Münchens."

Am dritten Tag in Folge hatte sich nichts getan. Krocket hatte gerade mit seiner Überwachung begonnen, als ein auffällig gekleideter Mann in einem Arbeitsoverall den Laden betrat. Der Beamte stieg aus seinem Wagen und ging von der anderen Straßenseite hinüber. Dort schaute er durch die Fensterscheibe hinein. Er sah wie sich der Mann mit Herrn Kirchberger unterhielt und dann die Heizkörper ablas. „Na supa", dachte er sich und ging wieder zurück zu seinem Wagen. Etwas später betrat der Täter tatsächlich den Laden. Jedoch sehr unauffällig als Kunde. Aus diesem Grund fiel er Krocket auch nicht auf. Als der „brotzeitlnde Schrecken" fertig war, verließ er den Laden wieder und grinste hämisch zu Krocket hinüber. „Seht Ihr, Ihr werdet mich nie fassen", sagte er zu sich und lachte dabei fast schon schadenfroh.

Freitag, 27. August, 23.40 Uhr

Eine Woche später wollten sie schon aufgeben, als während Steinis Schicht das Handy klingelte. „Servus Steini, mir ham an Mord in Ottobrunn. Da Michi woas scho bscheid und i bin a scho aufm Weg." „Ok Krocket, dann brich i ob und kim a." In einem Wohnhaus in der Rosenheimer Landstraße wurde eine Frau in ihrer Wohnung tot aufgefunden. Als die drei ankamen bot sich das gewohnte Bild. Krocket fiel sofort auf, das alles eine Nuance anders war. Doch alle anderen waren sich sicher, sie hätten die nächste Tat des „brotzeitlden Schrecken" entdeckt. „Steini, des wara ned." „Wie kimstn drauf?" „Der wechselt doch ned auf oamoi sei Weißbiermarken."
„Mai vielleicht hoda and Tankstei miassn und die ham nur no des ghabt?" „Und do schaug penetriert hodas a ned und oafach nur daschossen." „Krocket jetza spinn da nix zamm, des is sei Handschrift." Auch Kriminalrat Schmitz hatte sich ausnahmsweise am Tatort eingefunden. Er ging zu den zwei Streithähnen, um sich einen Status abzuholen.
„Meine Herren damit ist wohl klar wir können die Streifen aus Grünwald abziehen oder?" „Nein, Herr Kriminalrat, tun Sie das nicht, dies hier muss ein Trittbrettfahrer sein, das ist nicht unser Mann." „Nun Herr Krockberger, Ihre Spürnase in allen Ehren, aber hier irren sie sich."
„Ähhh Sie, ja Sie da, Ähm"
„Huber, Herr Kriminalrat."

„Ja Sie, Herr Huber, geben Sie in der Zentrale Bescheid, dass die Streifen abgezogen werden können.

Die Kollegen machen schon lange genug Doppelschichten auf Kosten der Steuerzahler."
Michi nahm sein Handy aus der Tasche und versuchte die Zentrale anzurufen, als Krocket ihm das Handy aus der Hand schnappte und auflegte.
„Jetza bassts a moi auf, des do is a Trittbrettfahra unser Täter wird weiter morden, verstäds des neda?"
„Herr Huber, rufen Sie sofort an und Sie Herr Krockberger verhalten sich nach meinen Anweisungen sonst sprechen wir uns anderweitig verstanden, das ist ein Befehl."
Er schäumte vor Wut und lief hinunter an die Straße, wo er aus vollem Lauf gegen eine Mülltonne trat. Diese fiel um und nötigte ein herannahendes Fahrzeug zu einem Ausweichmanöver. Der Fahrer hielt an und ließ sein Fenster hinunter: „Sand Sie deppat? Do konn wos bassiern", schrie er Krocket an.
Der zögerte nicht lange und hielt ihm seinen Ausweis vor die Nase und packte ihn dabei am Schlawittl: „Wos do bassiert entscheid immer no i und wenns jetza ned glei weidafahrn, dann hoi i a Streif und die zäid dann fünf Stunden die Sicherheitsnodeln in eanam Verbandskastn verstandn?"
Der Mann fuhr ohne ein weiteres Wort weiter. Nun kam Steini zu ihm und versuchte ihn zu beruhigen.
„Jetza kim, Deine Theorien kenna ned imma bassn woast. Jetza huif uns und mir klärn den Foi auf. Neben den beiden hielt erneut ein Fahrzeug und ließ das Fenster auf der Beifahrerseite hinunter.
Ein Mann beugte sich hinüber und fragte nach dem Weg zur Neubiberger Einkehr.
Nachdem sie ihm den Weg erklärten, hörte man nur noch kurz das hämische Lachen des Psychopaten:

„Sie werden mich nie kriegen, nie", murmelte er wieder in seinen Bart.
Die Spezialisten für Tötungsdelikte gingen wieder hinauf zum Tatort. „Bei der Toten handelte es sich um Maria Siebentaler, 37 Jahre, hier gemeldet", sagte Michi, als sie zurückkamen. „Und warum städ dann an dera Dir Francesca?", fragte Krocket. „Wir haben auch verschiedene Sexutensilien gefunden", fuhr Michi fort. „Dann wars a Schlampn, ha? Des basst ja supa zu dene andern fäi. Des warn ja olle arme Schlampm, oder? Mann, spannstes neda?" „Jetza Krocket, konzentrierma uns auf die Faktn. Umfeid, Motiv, Gelegenheit. Mir suachma olle Verwandtn, an Zuhälter, Freunde und Freier. Vielleicht hods an eifersüchtigen Freier gebm oder an Freind der des nimma woid oder oder oder. Do fangma o, ok? Und jetze kriagst di wiada ei und mir seng uns moing im Büro." Krocket machte noch ein Foto von der Toten mit seinem Handy.

Samstag, 28.August, 1.30 Uhr

Wie von der Tarantel gestochen fuhr Krocket mit seinem Charger in die Wörthstraße.
Er brauchte jemanden, der ihm zuhörte. Als er bei Elvira klingelte, öffnete diese kurz drauf, noch ziemlich verschlafen, die Tür. „Julius, was willst Du denn. Es ist nach halb zwei." „Sorry Elvira, aber ich brauche jetzt jemanden. Alles läuft falsch und keiner hört mir zu." „Komm rein, ich mach uns einen Kaffee." Krocket schloss die Türe hinter sich und ging ins Wohnzimmer, wo er sich auf die Couch setzte. Elvira brachte den Kaffee. „Wir haben einen neuen Mord in Ottobrunn und der soll so ausschauen wie die anderen, aber er passt nicht, der ist so anders als die anderen Fälle." „Was passt nicht?"
„Das ist nicht unser Täter und der Schmitz hat alle Streifen aus Grünwald abgezogen, dabei läuft der Psycho immer noch frei rum."
„Was war denn anders, Julius?"
„Die Weißbiermarke, es war eine Etagenwohnung, es war in Ottobrunn und es war eine Prostituierte und er hat sie erschossen."
„Das deutet ja ganz auf einen Trittbrettfahrer hin."
„Genau das hab ich denen ja auch gesagt, aber keiner wollte mir zuhören."
„Ich rede Montag mal mit dem Schmitz, vielleicht kann ich ja etwas erreichen." „Das würdest Du tun? Das wäre klasse." „Ich mach das aber alleine, sonst führst Du dich bloß wieder auf wie der Elefant im Porzellanladen. Elvira strich Krocket mit ihrem rechten Zeigefinger über die Nase: „Duuuu Liebling, magst nicht noch duschen?" Elvira schmachtete ihn an.

Krocket hob seine Achseln und roch darunter. „Meinst wirklich, ich rieche aber noch nichts." „Julius, geh Dich duschen." Schon wieder warf sie ihm einen sehnsüchtigen Blick zu, bei dem sie sich die Lippen leckte. Sofort stand er auf und verschwand im Bad. Schnell löschte Elvira überall das Licht und zündete eine kleine Kerze im Schlafzimmer an. Als sie hörte, wie ihr Begehrter das Wasser ausdrehte, rief sie ihm zu: „Hier Julius, im Schlafzimmer, hol Dir Dein Leckerli". Der ewige Stenz [15]trocknete sich schnell ab und dann huschte er zu Elvira unter die Decke. Sie kuschelten und verwöhnten sich immer noch zärtlich als erst die erste Tram und dann der Sonnenaufgang seine Aufwartung machten.

„Julius, das war wunderschön. Ich bin überhaupt nicht müde." Elvira drehte sich auf die Seite und hängte ihren Arm über Krockets Hüften und streichelte sanft seinen Bauch und spürte, wie er einschlief.

Etwas später, es war so kurz nach acht, wollte sie ihn wecken. Doch damit hatte sie jede Menge Probleme. Die anstrengenden letzten Tage des Falles und Elviras Begierde hatten Krocket in ein brutales Koma versetzt. „Liebling, wach auf, Du musst zum Dienst. Krocket los jetzt." Sie schüttelte ihn und als er sich immer noch nicht rührte, sprach sie die magischen Worte: „Es gibt Weißwürste und ein Bier."

„Wie was wo wosn?"

---

[15] Der in Liebesbeziehuhngen rastlose, aber charmante Mann

Endlich wurde er langsam wach. Nach einer kurzen Dusche und einer dringend notwendigen Rasur, die er mit einem in der Dusche gefundenen Werkzeug vornehmen musste, tranken sie noch einen Kaffee miteinander. „Du hast Dich rasiert, womit denn?" fragte Elvira ihn.

Als Krocket ihr es erklärte musste sie lachen und flüsterte ihm ins Ohr wozu man das Utensil eigentlich benutzte. Er strich sich nochmals die Wangen und merkte nur noch „Ähnlich, sehr ähnlich." Beide lachten, doch Krocket hatte schnell seinen Fall zurück im Kopf und die Angst zu versagen. Sein Laune-Barometer fiel wie bei einem schnell herannahenden Gewitter. Trotzdem wollte er sich zügig auf den Weg machen. Er fühlte sich alt und hilflos, so als hätte ihm jemand den Stecker gezogen. Doch all sein Kampf und all seine Intuition interessierten niemanden. Warum wollten sie nicht verstehen, dass dieser Mord nichts mit denen in Grünwald zu tun hatte.
Als er aus der Parklücke wollte, bemerkte er noch nicht einmal das herannahende Auto. Der Fahrer hupte ihn an und Krocket fühlte sich wie in Trance, so als ob er das gar nicht sei der gerade losfahren wollte.
Völlig unüblich schlich er durch die Stadt. Sein Oldtimer bewegte sich so langsam wie nie zuvor. Die Stimmung des Ermittlers wurde immer melancholischer, als ihm jemand auf Höhe des Deutschen Museums an die Scheibe klopfte. Es war ein uniformierter Beamter. „Guten Morgen, Sie wissen schon, dass Sie hier einen Riesenstau verursachen?"
„Wos i oiso." Krocket sah sich um und dann verstand er. Er musste mitten im Berufsverkehr einfach stehengeblieben sein und somit ein Chaos ausgelöst haben.

„Ah gu moing Kollege." Krocket zog seinen Dienstausweis heraus und zeigte ihn der Streife. „So Herr Kommissar, nix für ungut, aber fahrns halt etwas zügiger bitte."
Er bekam seinen Ausweis zurück und als ob der Blitz in ihn eingeschlagen war, fuhr er davon.
Alles wurde wieder klar, denn er hatte einen Plan. Wenn schon niemand auf ihn hören wollte, so musste er den Fall halt alleine lösen. Tagsüber wollte er den Kollegen helfen, den Mord an der Prostituierten aufzuklären, um sich nach Dienstende in Grünwald auf die Lauer zu legen.

9.00 Uhr

Krocket traf seine Kollegen im Büro. „Servus." „Ah Krocket, host di wieda beruigt?" „Mei wenns um Doude gäd dann bin i immer unruig. Aber bitte, mir lösma jetza den Foi an dera Nuttn." „I schlog vor, mir härma uns a moi im Millieu um und fordern ma die Telefondaten vo der Siebentaler. Die Kugel is scho in da Balisdig", begann Steini. „Und i fahr zur Briggs, vielleicht kennt di ebban no vom Chez Monique der uns heifa ko."
Briggs war gerade damit beschäftigt fehlende Getränke aufzufüllen, als Krocket an der Tür klopfte. „Geschlossen!", rief sie ihm zu. „Briggs jetza moch auf, i bins da Krocket." Briggs ging zur Tür und öffnete. „Was wuistn Du do so fria" „I hob a boar frong." „Kim eini und setz Di hi, i moch da an Kaffee." „Sog a moi, kennst Du eine Siebenthaler ausm chez Monique, nennt sich auch Francesca?" „Host a Buidl, nom konn i ma so schlecht merka." „Wart."

Krocket versuchte das Foto auf seinem Handy zu finden, welches er am Tatort gemacht hatte. „Do schaug her." „Freili kenn i die, die war no ganz sche jung wiri im Chez Monique aufghärt hob. Wart a moi, jaaa da is imma so oana kemma der hod si midm Freddy gstrittn. A oida mo. Den hob i dann amoi am Viktualienmarkt gseng, wira an am Standl garbat hod."

„Und hod di an Zuahäita ghabt." Briggs stellte einen Kaffee auf den Tisch. „Mei, die junga Dingna hom damois olle oan ghabt. Die san ja meist zwunga wordn und dann homses zuagrittn." „Und woast no wer des gwen sei kand?" „Fahr zum Mike, des is da Türsteher vo da Quadrille an da Ingolstädter, der hod damois auf die Weiba aufbasst." „Ok, merci fian Kaffee." „Gern, fia Di immer. Und wann derf i numoi die Kim Basinger sei?"

„Mei, woas mas, pfiadde." Krocket ging hinaus und stieg in seinen Wagen. Er wendete und bog links ab in die Gabelsberger und dann in die Schleißheimer Straße. Er wollte so schnell wie möglich den Türsteher aufsuchen, um weitere Informationen zu bekommen. Als er den mittleren Ring querte, klingelte sein Handy. Es war Michi. „Krocket, ich muss Dich leider enttäuschen. Die Kugel aus der Prostituierten ist aus der gleichen Waffe wie die, mit der auf den Oswald geschossen wurde."

„Und wos soi des hoassn, die Waffn konn der doch wegschmissn ham oder er hods an ebban verkafft. Für mi hoast des garnixi." „Bei allem Respekt, das sind doch zu viele vielleichts, oder Krocket? Der Steini ist auch schon informiert."

„Wennst moanst!" Er legte auf und erreichte die Quadrille an der Ingolstädter Straße. Am Eingang läutete er und dann öffnete sich die Tür.

Ein glatzköpfiger Riese stand vor ihm. „Bitte?", grunzte der nur. Krocket zog seinen Ausweis heraus. „Krockberger, kripo Minga. Sand Sie da Mike?"
„Jo und?" „Schene grias vo da Briggs, sie hod mag sagt sie kennan mir vielleicht bei am Foi heifa," „Und wos woins?"
„Kennan Sie die Francesca no?" Krocket hielt ihm sein Handy vor die Nase. „Kenn i." „ Di hod leida ebba umbrocht. Hod di damois an Zuahäita ghobt?" „Jo" „Vielleicht gäds a a bisserl genauer!" „Des war oane vom Istvan." „Istvan und no?" „Dem ghärd des filou in da Triebstrass." „Und sonst?"
„Da Votta vo da Francesca hod immer wiada Stunk gmocht, woid sei Dochta rettn. A boa moi hob i eam aussaschmeissn miassn. Der hod a Standl am Viktualienmarkt. Was is jetza mit da Francesca?" „Hi is, daschossn hods oana." „Sonst no wos, Herr Kommissar?" „Na." Mike schloß die Tür wieder. Dabei war ihm ziemlich egal, dass Krocket noch darin stand. Der musste drei Schritte zurückmachen und fiel dann fast über den Bordstein. „Du bläds Oaschloch", schrie er nur, dann ging er zurück zum Charger.

11.50 Uhr

Krocket beschäftigte der Bericht der Ballistik. Es war die gleiche Waffe, also wie konnte das nur sein? Hatte der Brotzeitkiller sie weggeworfen oder vielleicht verkauft?
Irgendwo müssten die Fragen doch zu den richtigen Antworten führen und einen Sinn ergeben. Die Gedanken beschäftigten ihn zunehmend als er sich auf den Weg zum Viktualienmarkt machte, um mit Francescas Vater zu sprechen.

Er stellte den Charger auf einen Behindertenparkplatz gegenüber dem Kino und legte sein Blaulicht auf das Armaturenbrett, damit ihn keiner abschleppen würde. Dann suchte er den Stand von Herrn Siebenthaler.
Nachdem er sich durchgefragt hatte, stand er vor einem kleinen Gemüsestand und darin saß ein alter, gebrochener Mann. „Herr Siebenthaler?" „Ja bittsche wos konn i fia Eana doa?" „Mein Name ist Krockberger, Kripo München." „Is wos mid meina Dochta." „Wann hams die denn as letzte Moi gseng?" „Des is jetza 10 Joahr her." „Seitdem koan Kondakt
Mera?" „Na." „Herr Siebenthaler, i hob a schlechte Nachricht fia Eana. Eana Dochta is daschossn worn."
Der Mann sank in seinem Stuhl zusammen und Tränen liefen ihm über das von Falten zerklüftete Antlitz.
„Irgendwann hod des bassiern miassn, i hob sie gwarnt. Sie hod ned härn woin und so is do einigrutscht."
„Wer kanndn Eana Dochta umbrocht ham?" „Mai, die fuian Manna, des Millieue, a Psycho vielleicht." „Wos konkrets kennas ned song?"
„Na, i hobs ja 10 Joahr nimma gseng, i woas garnix mehr über mei Dochta.[16]"
„Wenns a Huif brachan, songs bitte bscheid. Mir hamm da super Betreia fia die Opfa.[17]" „Danksche, aber mei Dochta is scho vor 10 Joahr für mi gstorbn."
Der alte Mann wendete sich ab und bediente eine Kundin, als ob nichts gewesen wäre.

---

[16] Nein, ich habe sich ja 10 Jahre nicht mehr gesehen. Ich weiß garnichts über meine Tochter.

[17] Wenn Sie Hilfe brauchen, sagen Sie doch bitte Bescheid. Wir haben eine Opferbetreuung.

Auf dem Weg zu seinem Auto bemerkte Krocket seinen Magen, wie er aufmüpfig knurrte. Um Abhilfe zu schaffen, setzte er sich in den Biergarten und bestellte ein paar frische Weißwürste und dazu eine wunderbare Maß vom edlen Hopfengebräu.

13.15 Uhr

Sein Weg führte ihn nun zum Filou. Er nahm sein Handy und rief in der Zentrale an. „Zentrale, hier Krockberger. Schicken Sie mir bitte drei Streifen ins Filou, Triebstrass 31, soin wartn bis i do bin." „Verstanden drei Streifen in die Triebstraße 31."
Eine halbe Stunde später war er da. Er wies die Kollegen ein, sich im Etablissement zu verteilen und aufmerksam zu sein, während er mit Istvan sprechen wollte.
Er öffnete die Tür und ging hinein. Als er den Türsteher nach dem Boss fragte, strömten Schläger aus allen Ecken der Bar auf ihn zu. Er öffnete die Tür wieder und die sechs uniformierten Beamten verteilten sich demonstrativ im Raum. „Oiso wo is Eia Chef?" Die Schränke schauten nicht sehr kooperativ aus. Krocket nahm sein Handy und tat so als ob er bei der Staatsanwaltschaft anrief. „Ja hier Krockberger, mir brauchma an Durchsuchungsbeschluss für das Filou in der Triebstrass 31, Verdacht auf Drogenhandel. Sieben Kollegen sand scho vor Ort, ja ok in 15 Minuten, merci."
Krocket steckte sein Handy weg und sagte demonstrativ gar nichts mehr.
Einer der Bodyguards ging in Richtung Toiletten. Krocket machte eine Handbewegung, um einen der Streifenbeamten hinterher zu schicken.

Einen Moment später kam der angsteinflößende Riese zurück. „Istvan erwartet Sie", sagte der nur. Krocket ging ebenfalls Richtung Toiletten, wo er das Büro des ungarischen Mannes fand. Er setzte sich auf den Stuhl gegenüber dem Schreibtisch, hinter dem sich der Verdächtigte aufbaute. „Was wollen Sie, dass Sie mit einer ganzen Armee kommen?" „Ich habe ein paar Fragen in Sachen des Mordes an Maria Siebenthaler, besser bekannt als Francesca." „Und, was hab ich damit zu tun?", bekam er zur Antwort mit slavischem Akzent.

„Sie hat für Sie angeschafft und wollte sich dann selbstständig machen. Das hat Ihnen nicht gepasst. Dann haben Sie sie umgebracht oder umbringen lassen."

„Herr Kommissar, Francesca hat ihre Auslöse bezahlt. Schon vor drei Jahren. Wir waren gute Freunde." „Wer hat Sie dann umgebracht?" „Ich weiß es nicht, von meinen Leuten war das niemand. Wir sind friedliebende Menschen."

Aus dem Zimmer nebenan war ein Schrei zu hören. Krocket zog seine Waffe und richtete sie auf den Zuhälter. Dann ging er langsam zurück in Richtung Ausgang. Drei andere Polizisten waren mittlerweile ebenfalls vom Schrei alarmiert worden. Krocket öffnete die Tür gegenüber und dann sahen sie ein junges Mädchen, wie es von zwei Männern festgehalten wurde und einen anderen Mann, der sich gerade die Hose zumachte. „Festnemma, olle." Istvan stand plötzlich hinter ihm und Krocket drehte sich um. „Herr Kommissar, sie macht das freiwillig, richtig Ina?" Er warf ihr einen bösen Blick zu, doch das Mädchen schüttelte nur den Kopf. Ringsum klickten die Handschellen und am Ende konnten sie acht Verdächtige mitnehmen. Das Mädchen wurde dem Jugendamt übergeben.

15.30 Uhr

Nachdem die acht Verdächtigen aus dem Filou abgeführt worden waren und alle anderen Mädchen eine Aussage gemacht hatten, fuhr Krocket zurück ins Präsidium.
Die Verhöre der acht bereits Polizeibekannten sollten sie weiterbringen. Er unterrichtete seine Kollegen über die letzten Stunden und gemeinsam legten sie ihre Informationen übereinander.
„Ok. Wos hamma jetza?", fragte Steini. „Mir hamma die vom Filou, wobei i denk, die kemma so wias sand and Sitte übergebm. Des mit dera Woffn macht mi wahnsinnig. Des in Ottobrunn war ned da Psycho."
„Mei Krocket, jetza här doch a moi auf. Wer denn sonst? Wos hostn Du Michi?"
„Ich habe mir mal die Telefondaten von der Prostituierten angesehen und eine Nummer, die fällt mir immer wieder auf." Michi zeigte die Liste seinen Kollegen und deutete auf die Nummer. „Und Michi, wem ghärts?" „Die Nummer gehört einem gewissen Max Drollinger, wohnhaft in der Balanstraße." „Kand a Kunde sei ha?", fragte Krocket. „Ich bin mir nicht sicher, ob Du als Kunde fünfmal am Tag bei Deiner Stammnutte anrufst."
„Aber dann frong ma mir numoi den Istvan aus und Du, Steini, kanntatst den Drollinger bsuacha." „Jetzt wartet doch mal, ich bin noch nicht fertig. Etwas hab ich schon noch anzubieten. Diese Telefonnummer rief auch regelmäßig bei der Siebenthaler an. Allerdings so alle zwei bis drei Tage.

Das könnte eher ein Kunde sein." „Und wem ghärt jetza die Numma?" „Die Nummer gehört zu einem Prepaid-Handy. Die Telefongesellschaft hab ich schon angerufen, aber der Laden, in dem sie gekauft wurde, hat schon zu. Da fahr ich Montag hin und check mal, ob wir den Besitzer rausfinden können."

„Guad, dann schnapp i mir den Istvan und ihr kimmats Eich um den Drollinger und des Prepaidhandy."

17.00 Uhr

Im Verhörzimmer hatte der Zuhälter Istvan Dronaga gerade Platz genommen und Krocket schaltete das Aufnahmegerät ein: Aktenzeichen AKQ133313, Verhör des Beschuldigten Istvan Dronaga im Fall der Ermordung von Maria Siebenthaler. „Herr Dronaga, wo waren Sie am Abend des 27. Augustes. Das war letzten Freitag?" „Wo soll ich schon gewesen sein, in meinem Club." „Sie meinen in Ihrem Bordell." „Gibt es dafür Zeugen?" „All meine Mitarbeiter werden das bezeugen." „Ja, die würden auch bezeugen, dass Jesus übers Wasser gegangen ist. Wer hat Sie sonst noch gesehen?"

„Ich war da, Herr Kommissar, ganz sicher, dann fragen Sie halt die Mädchen."

„Herr Dronaga", begann Krocket wieder während dem er aufstand und zum Verdächtigen hinüberging. „Wir haben bei Ihnen eine junge Frau gefunden, die Zwangsprostituiert werden sollte und ihre Testosteronhengste wollten sie gerade zureiten. Ihnen glaub ich gar nichts und jetzt kommen Sie mal mit etwas glaubhaftem rüber." Krocket hatte seine Message direkt in Dronagas Gehörgang abgesetzt und stand

beide Hände auf dem Tisch abgestützt neben ihm und hatte sein bayerisches Mundwerk in Höhe der ungarischen Ohren.
„Warten Sie, da war der Stammkunde, der immer da ist, wenn samstags Fußball ist." „Kennen Sie seinen Namen?" „Ich kenne Namen, aber ich werde ihn nicht sagen. Sonst verlier ich Stammkunde." „Handelt es sich um einen Prominenten?" „Ja, ist glaube ich Reporter vom Fußball. Kommt vorher immer zum Vögeln, um sich zu entspannen." „Und wo kann ich ihn finden? Wer ist es?" „Der ist bei diesem Bezahlfernseher, schon etwas älter." Krocket hatte eine Idee: Er bat einen Beamten auf den Zuhälter aufzupassen und holte eine Fußballzeitung aus dem Kiosk gegenüber. Dort waren immer alle aktuellen Berichte der Bundesliga zu finden und oft auch Bilder der Sportreporter. Ein paar Minuten später kam er zurück. „So, ist der da dabei." „Ja sicher, der hier ist das. Der kennt mich." Krocket stutzte. Er hätte niemals gedacht, dass ein Mann mit dieser Bekanntheit es nötig hätte, in ein Bordell zu gehen. „Sie gehen dann zurück in ihre Zelle und dann kümmert sich die Sitte um Sie, Herr Dronaga." „Ich habe Ihnen geholfen, Sie schulden mir etwas, Herr Kommissar. „Schaun wir mal." Krocket näherte sich dem Mikrofon des Aufnahmegerätes und beendete das Verhör. „Ende Vernehmung Dronaga, 18.10 Uhr."

Nachdem der Verdächtige abgeholt worden war, stand Krocket auf und ging zurück ins Büro. Er setzte sich auf seinen Stuhl und legte die Füße auf den Tisch, um es sich bequem zu machen. Vor allem beschäftigte ihn der bekannte Sportreporter und ob der zugeben würde, in einem Puff gewesen zu sein, schien ihm schwierig.

Trotzdem griff er zum Hörer und rief in der Zentrale des TV-Senders an.

Als er sein Problem der Dame in der Vermittlung erklärt hatte, teilte die ihm mit, dass es erst am Montag wieder möglich wäre, jemanden in der zuständigen Abteilung zu erreichen.
Derweil kamen Michi und Steini von ihren Untersuchungen zurück.
„Oiso der Drollinger is ned dahoam. Dnachbarn song der is fuatdgfoan und kimt erscht am Mittwoch zruck", berichtete Steini. „Da Istvan hod a Alibi moanda, so an Sportreporta der immer wenn Samsdog a spui is, am Freiddog zum Bimpan kimmt, um si zu entspannen" berichtete Krocket. „Und wer is?" „Da Laurel Streif, aber bei dem Senda is erscht am Monddog oana do. Oafach a so werdn mir den ned oruafa kenna oder hobts ihr Dnummer ebba?"
„Heid war doch a Spui, fahrma ind Alli, der is gwiss no do in dem Pressezentrum." „Mei Steini, des issa supa idee, da hob i garned dro denkt." „Michi ruaf a amoi schnei bei die Bereitschaftla o und loss da an Kontakt ins Stadion gebm. Die soin den Laurel Streif ned weggalossn."
Michi griff zum nächsten Telefon und tat was ihm aufgetragen wurde. Kurz drauf liefen alle drei zu Krockets Wagen und fuhren stadtauswärts Richtung Stadion. Am Ende der Leopoldstraße hielt ein junger Mann in einem aufgemotzten BMW neben Ihnen. Krocket ließ elegant seinen Arm aus dem Fenster hängen, als er den Burschen entdeckte.
Der spielte gleich mit seinem Gaspedal und wollte wohl andeuten, ein Rennen fahren zu wollen. Krocket tat ihm den Gefallen und drückte auch aufs Gas.

„Jetza Krocket här auf mid dem Schmarrn, wärst Du nie erwachsn ha?"
„Mei Steini, gä lossma hoid den Spaß." Als die Ampel auf Gelb umsprang, zischte der BMW davon und Krocket fuhr gemächlich hinterher. „Wos is denn jetza? So langsam, bist krank?" „Na i hob die Öllacka unter seim Auto gseng und des is glaffa und glaffa und glaffa." Und tatsächlich, kurz vor der Ausfahrt Fröttmaning stand der BMW auf dem Seitenstreifen und rauchte. Krocket fuhr im Schneckentempo vorbei und Steini öffnete das Fenster: „Und imma aufn Ölstand schaung gä", rief er dem Pannenopfer aus dem Wagen zu und lächelte dabei schadenfroh.
Am Stadion tobte noch der Bär, denn die Roten hatten gewonnen. Krocket versuchte, mit dem Wagen in das Innere des Stadions zu gelangen, was ihm erst am VIP-Eingang gelang. Er fuhr hinein und per Handy verständigten sie den Leiter der Bereitschaft. Kurz darauf trafen sie sich und verabredeten das weitere Vorgehen. „Servus, Krockberger und das sind meine Kollegen Steininger und Huber." „Servus, Obergommisar Lindnacher." „Der Sdreif sitzt immer noch im Bressebereich. Mir ham ihn garned aufhaldnee müss."
„Ah, Sie sind aus Franken richtig?", merkte Michi an. „Ja vo Bamberch." Der Beamte im Kampfoverall drehte sich um und führte die Kollegen in den Pressebereich. Im Mittelgang der Tribüne zeigte er auf Sportreporter. „Da drübne issa."
„Danke Kollege, den Rest schaffen wir allein." Mit einem freundschaftlichen Klaps auf den Rücken verabschiedete sich Krocket von ihrem Helfer und folgte seinen Mitermittlern, die sich bereits auf den Weg in den Pressebereich gemacht hatten. „Herr Streif?",

begrüßte Steini den Journalisten. „Ja, das bin ich, was kann ich für Sie tun, meine Herren?"
„Grüß Gott erst einmal. Das sind die Kollegen Huber und Krockberger und mein Name ist Steininger. Wir sind von der Mordkommission und hätten eine Frage an Sie." „Aber nicht hier, kommen Sie, wir gehen in die VIP-Lounge, da können wir ungestört reden."
Die Beamten folgten dem Reporter in das Innere des Stadions und hinauf in eine VIP-Loge. Dort setzten sie sich. „Wollen Sie etwas trinken oder essen?", fragte Streif sie.
Den Dreien blieb der Mund offen stehen, als sie alles genau betrachteten. In der Loge war ein Buffet aufgebaut, es gab Champagner und alles was das Herz begehrte inklusive dreier Hostessen, die sich um alles kümmerten und die waren das Beste, was Michi je gesehen hatte. Krocket zog ein Taschentuch hervor und wischte Michi damit den Mund ab. „Do sonst drocknetst no völlig aus, so wias Du sabbast."
„Also nun mal raus mit der Sprache, was führt Sie zu mir?" Michi zögerte nicht lange. „Kennen Sie das Filou?" Man spürte wie der Jounalist versuchte seine rote Gesichtsfärbung zu überspielen. „Ich, nein, was soll das sein?" „Kennen Sie den Istvan Dronaga?", fragte Steini nun. „Nein, wer soll das sein?" „Das ist der Chef in diesem Puff und der sagt, er kennt Sie genau, weil Sie da Stammkunde sind und nun sollen sie ihm ein Alibi geben", bohrte Krocket nach.
„Also hören Sie, ich habe es wohl nicht nötig in ein Bordell zu gehen und so zwielichtige Gestalten kenne ich auch nicht." „Na gut, Herr Streif, dann setzen wir die Unterhaltung nun auf dem Präsidium fort, gemma." „Jetzt warten Sie doch einen Moment, ich erinnere mich, glaube ich. Aber das bleibt unter uns, ja?"

„Sofern Sie nicht vor Gericht aussagen müssen, kann ich Ihnen das versprechen", gestand Steini ihm zu. „Also, einmal war ich schon in diesem Laden." „Und das war zufällig letzten Freitag?", fragte Michi. „Ja." „Und haben Sie den Dronaga da gesehen so zwischen 22.00 und 23.00 Uhr?" „Ja, wir haben noch einen getrunken nachdem ich, naja Sie wissen schon" „Nein, wissen wir nicht, nachdem Sie eine von den neuen Zwangsprostituierten gevögelt haben?" Krockets Ton wurde lauter und bestimmter. „Pscht. Das muss doch keiner hören." „Also, überlegen Sie sich wo sie künftig verkehren, auf Wiederschaun." Istvans Alibi war also erstmal bestätigt. Aber er hätte immer noch jemanden beauftragen können. Oder hatte er wirklich nichts damit zu tun?
Diese Fragen beschäftigten die Beamten, die in diesem Moment das Stadion verließen und zurück ins Präsidium fuhren. Dort trennten sie sich erst einmal und wollten am Montag weitermachen. Doch alles kam anders.

20.30 Uhr

Krocket fuhr nach Grünwald, um seinen Plan in die Tat umzusetzen, und die Überwachung der abgezogenen Streifen von nun an selbst zu übernehmen. Er fuhr die Strecken ab, die durch das Herz gekennzeichnet waren. Immer und immer wieder hielt er vor einem der Häuser und beobachtete die Terrasse und den Garten. Irgendwann schlief er vor Erschöpfung in seinem Wagen ein.

Zur gleichen Zeit versuchte sich Sandra bei Michi etwas häuslich einzurichten. Michi beobachtete mit

Argwohn, wie Sandra an jeder Ecke ein kleines Utensil als Deko platzierte. Ja sogar seinen Pokal vom Polizeikegeln ließ sie im Schrank verschwinden und stellte ein Bild ihrer Eltern an den Platz. „Jetzt warte mal Sandra, Du kannst hier doch nicht alles umräumen." „Warum, ich soll doch bei Dir einziehen, dann muss es auch etwas nach mir aussehen." „Aber sprich doch bitte mit mir ab, was Du tust." Michi nahm das Bild wieder aus dem Regal und stellte den Pokal zurück. „Hier das Bild, such bitte einen anderen Platz." Sandras Laune verschlechterte sich zusehends. „Na gut, dann stell ich das Bild halt ins Bad, da stört es ja wohl nicht, ja?" Ob die Idee wirklich so gut war zusammen zu ziehen? dachte sich Michi.

Er ging auf Sandra zu und nahm sie in den Arm: „Weißt Du was wir machen, wir suchen uns einfach eine neue Wohnung, die wir gemeinsam einrichten und dann ist es eine gemeinsame Wohnung und bis dahin verschwindet mein Pokal und Du kannst das Bild ins Wohnzimmer stellen ok?" „Michi, Du bist so ein lieber Kerl, danke Dir." Sandra fiel ihm um den Hals und küsste ihren Liebsten. Der erwiderte die Zärtlichkeit und kurz drauf landeten sie im Bett. Das Bild seiner Eltern, was auf Michis Nachttisch stand, packte er kurzer Hand in die Schublade und weg war es.

Am selben Abend hatte Elvira es sich mit allen Akten des Falls und einer Flasche Rotwein gemütlich gemacht. Sie wollte alles nochmal im Detail durchsehen, bevor sie Montag zu Kriminalrat Schmitz gehen wollte um ihm zu erklären, dass Krocket Recht hatte.

Bei der Durchsicht fiel ihr auf, dass bei dem Mord im Hause Oswald etwas mit den Zeiten nicht stimmen

konnte. „Der Weißwurstkiller überfiel seine Opfer doch immer nachts.
Warum sollte der dann um acht Uhr morgens noch dagewesen sein?", dachte sie sich. Das passte überhaupt nicht zusammen. Sie rief Krocket an und erzählte ihm was ihr auffiel.
„Ach Scheiße, ich bin eingeschlafen, wer ist da?" „Ich bin es, Elvira." „Schatzilein, was gibt es denn?" „Der Typ, der den Oswald erschossen hat, war bestimmt nicht der Weißwurstkiller. Habt ihr einmal darüber nachgedacht, warum der morgens um acht noch am Tatort sein sollte. Das ergibt doch gar keinen Sinn."
„Aber der Streifenbeamte meinte gleich, er wäre es gewesen."
„Vielleicht irrt der sich ja, Ihr müsst der Sache unbedingt nachgehen, Julius. Wo steckst Du überhaupt?" „Ich äh ja ich bin unterwegs." „SoSo unterwegs, mit welcher Tussi steckst Du zusammen?" „Mit gar keiner Elvira. Du bist ja eifersüchtig." „Das muss man bei Dir ja auch sein." „Nein, musst Du nicht. Ich bin in Grünwald und überwache die Gegend wo der Killer zuschlagen könnte."
„Aber der Schmitz hat Dir doch klar gesagt, Du sollst Dich um den Mord kümmern." „Ja mei, irgendwie mach ich das ja auch." Plötzlich durchdrang ein klirrendes Geräusch und ein Ächzen unterbrach das Gespräch der beiden.
„Julius, melde Dich, was ist los? Julius, so melde Dich." Krocket versuchte mit letzter Kraft zu sprechen. „Elvira, ich bin verletzt, man hat mich überfallen." Das war das Letzte was sie hörte, bevor nur noch das kurze „Tut Tut" zu hören war, was bedeutete, dass das Gespräch beendet wurde.

In Grünwald bot sich ein Bild des Schreckens. Der Täter warf Krockets Handy zurück in den Wagen und verschwand in einem der Gärten, die Seitenscheibe des Chargers war eingeschlagen und Krockets Kopf hing hinaus. Blut tropfte auf den Boden und er hatte Wunden am Kopf und im Gesicht.

22.45 Uhr

Elvira alarmierte sofort Michi und Steini als auch die Zentrale, die sich auf die Suche nach ihrem Kollegen begaben. Dann sprang sie in ihr Auto und fuhr selbst völlig aufgelöst nach Grünwald. Nach 30 Minuten hatte sie ihn gefunden.

Nach Information der anderen Kollegen, wo genau sie sich befanden, sprang sie von der Beifahrerseite aus in Krockets Wagen, zog seinen blutüberströmten Kopf wieder ins Fahrzeug hinein und lehnte ihn gegen die Kopfstütze. Dann ging sie hinüber auf die Fahrerseite und öffnete die Türe. Man konnte deutlich hören, dass ihr Liebster noch atmete.

„Krocket, hey Krocket", rief sie ihm zu und tätschelte ihm dabei die Wangen. Doch nichts passierte. In diesem Moment trafen die Kollegen ein, die bereits einen Notarzt alarmiert hatten, der nach einigen Minuten den Tatort erreichte und auch sofort damit begann, Krocket zu untersuchen: „So Puls 110, Blutdruck 90 zu 60, legt ihm eine Infusion Kochsalz an und dann ab ins Krankenhaus. Es scheint nicht lebensbedrohlich zu sein."

Die Sanitäter legten Krocket auf eine Trage und brachten ihn in ihren Wagen. „Will jemand mitfahren?", fragte einer der Sanitäter. Elvira meldete sich und stieg hinten ein. Mit Blaulicht ging es ins Harlachinger Krankenhaus.

Michi und Steini stand der Schock ins Gesicht geschrieben. „Schaug da des a moi o Michi, wia des aussschaugt." „Der muss mit der Faust durch die Scheibe geschlagen haben und dann Krockets Kopf einfach nach draußen gerissen haben, bevor er ihm eine übergebraten hat." „So wos brutals, woast Du wia fui Kraft ma braucht um so a Scheibm eizumschlong, mid da Faust?" Die herbeigerufene Spurensicherung traf ein. „Servus, schaugt aber ned guad aus", sagte Hauptkommissar Stangl nur. „Schaugts, ob des Bluad am Fenster vom Täta is und mia di DNA hamd." „Machma, i meid mi wenn ichs hob."

Der Krankenwagen fuhr mit heulenden Sirenen ins Harlachinger Krankenhaus. Dort übergab der Notarzt seine Erstdiagnose dem behandelnden Arzt in der Notaufnahme, wo Elvira immer noch Krockets Hand hielt. Krocket wurde in ein Behandlungszimmer geschoben, wo Dr. Holbringer mit einer Lampe feststellen wollte, ob Krockets Augen noch normale Pupillenaktivität zeigten. Dann wurden seine Wunden gesäubert, um ihn am Hinterkopf mit sieben Stichen zu nähen.
Als die Ärzte damit fertig waren, wurde er zur Sicherheit noch in die Röhre geschoben, um eine Aufnahme vom Gehirn zu bekommen.
Elvira saß angespannt vor dem Untersuchungsraum und wartete auf den Arzt, als Michi und Steini zu ihr

stießen: „Wissen Sie schon etwas Frau Doktor?" „Nein sie machen gerade ein MRT von seinem Gehirn." „Hoffentlich findns des a", sagte Steini und lächelte dabei. Nach einer halben Stunde kam endlich der Arzt: „Also, alles ok, er hat wahnsinniges Glück gehabt, nur eine schwere Gehirnerschütterung, er kommt jetzt auf ein Zimmer." Als sie Krocket hinausschoben, hielt Elvira sofort wieder seine Hand und die Kollegen liefen hinterher. Die ganze Nacht verbrachten sie bei ihm, um da zu sein, wenn er aufwachen würde.

Sonntag, 29. August, 8.30 Uhr

Das warme Licht der Sonne fiel auf Krockets Gesicht, als er zu blinzeln begann und kurz drauf die Augen aufschlug. Wie nach einem Vollrausch hatte er Mühe zu registrieren, wo er war. Also begann er erstmal damit, alle Gliedmaßen zu bewegen und zu überprüfen, ob noch alles da sei, als er die Kollegen im Zimmer entdeckte, die friedlich schliefen.
Elvira hatte sich auf Steinis Schoß gesetzt und hatte ihn fest im Griff. Michi lag am Boden mit seinem Kopf auf Steinis Schuhen.
Als Krocket versuchte aufzustehen, wachte Elvira auf: „Nein Julius, spinnst Du! Du bleibst liegen. Du wärst heute Nacht beinahe drauf gegangen." Sie hatte alle Mühe, ihn wieder ins Bett zu befördern, da kamen ihr die anderen zur Hilfe.
„Jetza basst scho wieder i liag ja", raunzte Krocket.
„Wos isn überhaupt los?" „Du erinnerst Dich an nichts?", fragte ihn Elvira. „Na garnixi, wer sand Sie überhaupts?" Elvira stockte der Atem. „Spässle gmacht!" Sie erzählten ihm was passiert war und, dass sie davon ausgingen, dass es der Psychopat war. Elvira schilderte auch nochmals ihre Entdeckung in den Akten und erklärte warum sie nicht glaubte, dass der Mörder Oswalds auch der Weißwurstkiller sei. „Mai, wärst hoid doch recht ghabt ham, Krocket." Steini gab ihm Recht was seine anfänglichen Zweifel anging und der Blickwinkel auf den gesamten Fall änderte sich nun Schlag auf Schlag.
„Dann bedeutet das, dass der Mörder von dem Oswald auch der Mörder von der Nutte sein könnte?"
„Genau Michi, des bedeits. Nur warum mias ma no rausfindn", sagte Krocket und versuchte erneut aufzu-

stehen. Zu dritt mussten sie ihn festhalten. „Du bleibst jetzt hier und deine Kollegen ermitteln erst einmal alleine weiter", ordnete „Schwester Elvira" an.
Krocket gehorchte ihr, da er spürte, dass sein Kopf tatsächlich noch nicht so ganz in Ordnung war.

10.30 Uhr

Steini und Michi verließen das Krankenhaus, um im Präsidium mit der Spurensicherung zu sprechen. Dort angekommen, gingen sie zu Hauptkommissar Stangl: „Servus, hobts scho wos?" „Sowieso, des Bluad am Fenster is ned vom Krocket. Der Täta muas si oiso verletzt ham. Die DNA is ned in der Datenbank." „Ok, merci Stangl."
Die zwei gingen wieder in ihr Büro. Die Bilder vom Tatort hatte ihnen die Spusi mitgegeben, damit sie diese zu den anderen Bildern des Falles dazuhängen konnten. „Ich bin mir nicht sicher, ob das unser Psycho war? Immerhin wurde in der Nacht keine Frau überfallen", sagte Michi. „Moanst, wer soitats denn sonst gwen sei?" „Naja so vielen, wie der Krocket schon auf die Füße getreten ist, da gäbs schon einige, meinst Du nicht? Was ist zum Beispiel mit dem ungarischen Zuhälter?" „Der hockt in da U-Haft." „Bist Du sicher?" Steini nahm den Hörer in die Hand und rief bei der Sitte an. „Steininger, is der Ungar no bei Eich? - Wos, gestan aufd Nocht no laffa lossn? Mir hamma nix in da Hand und des Deandl hod ihr Aussog zruckzong? Ihr seids ja lusdig, des häds a amoi song kenna." „Michi der Ungar is raus, mir schnappma uns a SEK und dann fahrma ins Filou." Kurz drauf bestiegen Michi und Steini ihren Dienstwagen und ein

Schwarzer Kastenwagen mit sechs SEK-Beamten folgte ihnen.
Innerhalb von 15 Minuten hatten sie das Filou erreicht. Diesmal war ein hartes Vorgehen angesagt und so zogen sich die zwei vom Mord erst einmal eine kugelsichere Weste an. Mit ihren Waffen im Anschlag und dem SEK voraus stürmten sie mit lautem Getöse das Etablissement. Primäres Ziel der Unterstützungseinheit waren die Bodyguards, die sie im Schnellverfahren am Boden festhielten und mit Kabelbindern aus dem Verkehr zogen.
Michi und Steini begaben sich sofort in Istvans Büro, der erneut überrascht tat, sich aber bereitwillig festnehmen ließ.
Zurück im Barbereich ließen sie alle Verdächtigen nebeneinander aufstellen. „So, jetza zeigts a moi eire Händ her", schrie Steini sie an. Die Verdächtigen streckten ihre Hände nach vorne und Michi inspizierte diese ganz genau. „Da issa ja", sagte der nur kurz und packte einen der Delinquenten an der Schulter. Dieser hatte offensichtlich eine Verletzung an der Hand, da er einen Verband trug. „Du und der Ungar bleim do. Der Rest ko geh!", entschied Steini und ging dann sofort auf den Hünen los. „Sie wissen schon was auf Mordversuch steht? Und bei einem Polizisten verstehen wir gar keinen Spaß. Hat Sie ihr Boss aufgefordert, unseren Kollegen zu überfallen. War es Istvan, so reden Sie schon!" „Ich habe mich in der Küche verletzt, sonst nichts." „Warum? Sind Sie hier Koch?" Die Kollegen lachten. „Nein beim Leergutsortieren." „Jetzt hören Sie mir mal zu, unser Kollege liegt mit einer schweren Gehirnerschütterung im Krankenhaus. Normal hätte er tot sein müssen und Sie erzählen mir einen vom Pferd?" Mit einem zischenden Geräusch

flog ein Messer durch das Lokal und traf den Verdächtigen in die Brust woraufhin er zusammenbrach. Die Beamten sahen noch einen dunklen Schatten Richtung Hinterausgang verschwinden. „Michi hintnochi, i gä vornrum." Beide versuchten den Messerwerfer zu erwischen, doch leider ohne Erfolg. Als sie zurückkamen musste erst einmal die Spurensicherung und die Gerichtsmedizin verständigt werden. Wieder einmal waren es Stangl und Ratzi, die die Leiche begutachteten. „Oiso, tot durch Messer im Herz", erklärte der Doc. „Ja supa, des seng ma säiba."
„Ja Zi Fix, mehr nach da Obduktion", grunzte Ratzi. Stangl zog das Messer aus dem Toten und untersuchte es. „A groußes Klappstillet." Er hielt das Messer ins Licht. „Do sand Initialen drauf. I.D." Sie überlegten I.D I.D I.D – „Istvan Dronaga doch ned vielleicht?", sagte Steini und warf dem Ungarn einen bösen Blick zu. „Herr Kommissar, haben Sie gesehen, wie ich das Messer geworfen habe?"

„Nein, aber vielleicht haben Sie es ja jemandem gegeben oder geschenkt", bemerkte Michi. „So Leid na hammas mir, der Herr wird abgeführt", ordnete Steini an. Die Aktion wurde beendet und nur die Spurensicherung blieb zurück. Istvan musste erneut ins Polizeipräsidium.

15.00 Uhr

Istvan wurde in den hauseigenen Wellnessbereich, wie sie die Zellen nannten, gebracht. Verhören wollten sie ihn etwas später. Er sollte erst einmal Zeit haben, die Atmosphäre der Zelle zu genießen.
Im Büro besprachen die Ermittler das weitere Vorgehen. „Michi i woas neda, da steckt doch fui mehra dahinta moanst neda?" „Ich bin etwas ratlos, aber wenn der Dronaga den ersten Überfall auf Krocket in Auftrag gegeben hat und den Mord an seinem Bodyguard nicht angeordnet hat, dann läuft da noch jemand frei rum, der scheinbar etwas dagegen hat, dass wir herausfinden um was es eigentlich geht."
„Nur oans is klar, der hod a wos gega den Krocket. Der griagt jetza a Bewachung mir is des zhoas. Michi schick zwoa Uniformierte hi, die soin aufbassn und si sofort mäidn, wenn wos Auffälligs bassiert." Michi erledigte seinen Auftrag und kam dann zurück zu seinem Kollegen, der immer noch angestrengt auf die Fotos der verschiedenen Tatorte schaute. „So, mir schnappma uns jetza numoi den Istvan und dann machma Schluß fia heid, moing is a no a Dog. Hoistn Du Michi?"
Michi ging in den Zellenbereich und holte den Verdächtigen. Sie begaben sich in eines der Verhörzimmer, wo kurz drauf Steini mit dem Verhör begann. Aktenzeichen AKQ133314, Verhör des Beschuldigten Istvan Dronaga wegen des Überfalles auf HK Krockberger.
Herr Dronaga, warum haben Sie unseren Kollegen überfallen lassen?" „Ich habe garnichts getan." „Ich fasse nochmal zusammen: Einer Ihrer Mitarbeiter hat

unseren Kollegen überfallen und hätte ihn beinahe umgebracht. Dieser Mann wird in Ihrer Bar mit einem Wurfmesser umgebracht und Sie wollen nichts damit zu tun haben?"
„Nein, ich bin ein seriöser Geschäftsmann. Ich bringe keine Leute um." Michi haute auf den Tisch: „Sie sind ein mieser kleiner Zuhälter der arme Frauen zur Prostitution zwingt und mit einem Muskelkommando anderen Angst einjagen lässt. Geschäftsmann, so ein Blödsinn. Gibt es Hintermänner? Wo kommen eigentlich diese ganzen Frauen her? Wo ist eigentlich das Mädchen, das gegen Sie aussagen sollte? Jetzt reden Sie schon!"
Schrie Michi ihn an. „Ich möchte nun meinen Anwalt sprechen, vorher sage ich nichts mehr." „Wen sollen wir anrufen?" „Dr. von Kramerstein bitte." „O Mann, ned der scho wieder. Machst Du des bitte, Michi."
Michi versuchte den Anwalt zu erreichen, was sich am Wochenende als schwierig darstellte. Nachdem er es auf dem Handy mehrmals versucht hatte, meldete sich der Anwalt. „Von Kramerstein". „Mein Name ist Huber von der Mordkommission."
„Sind Sie wahnsinnig, ich spiele gerade Golf, melden Sie sich am Montag in meinem Büro." Kramerstein legte sofort wieder auf. Michi versuchte es erneut. „Jetzt lassen Sie mich in Ruhe, ich werde mich beschweren", meldete sich der Strafrechtsspezialist erneut. „Herr von Kramerstein ich habe hier einen Istvan Dronaga, der will einen Anwalt."
„Ja der Herr Dronaga, was hat er denn angestellt, so ein ehrlicher und geschäftstüchtiger Mann."
„Überfall auf meinen Kollegen Krockberger." „Ja wenn das so ist, komme ich natürlich sofort."

Kramerstein legte auf, brach seine Golfrunde ab und fuhr über Riem und die A94 in die Stadtmitte.
Eine halbe Stunde später brachte ein Beamter ihn zum Verhörraum. „Guten Tag die Herren, mein Mandant sagt ab sofort nichts mehr, bitte lassen sie mich mit ihm alleine."
Michi und Steini schauten sich entgeistert an, standen dann aber auf und verließen den Raum.
„Traugott, mein Freund", sagte Istvan als erstes während er aufstand, und den Anwalt in den Arm nahm. „Istvan altes Haus, was hast Du denn angestellt."
Istvan erzählte ihm die ganze Geschichte. „Traugott, sag denen sie sollen mich hier rausholen." „Istvan, ich versuche das mit Budapest zu klären, bis dahin sagst Du keinen Ton, klar?"
Von Kramerstein verließ das Verhörzimmer und ging zu den Ermittlern hinüber. „Sie können ihn wieder abführen lassen. Er wird nichts mehr sagen." „Na gut, dann führen wir ihn morgen dem Haftrichter vor." „Ich komme morgen Vormittag dann nochmal vorbei."
„A so a Kasperl, host Du die Hosn gseng, kariert und weisse Säckin." „Steini, das haben die wohl so beim Golf." „Mai, a jeda so wiras mog. Und mir macha jetza schluß und seng uns moing."
Michi und Steini fuhren nach Hause. Sie hatten beide etwas Ruhe nötig und morgen würden die Ermittlungen ja weitergehen.

Montag, 30.08., 08.30 Uhr

Ziemlich verschlafen trafen Michi und Steini im Büro ein. „Moing." „Morgen, ich mach gleich mal einen Kaffee."
Das Telefon klingelte und Steini hob ab. „Servus Steini, wos gibtsn Neis?" „Ah Krocket, mei nix bsonders. Den Dronaga hamma festgnogit[18] und der hod den Kramerstoa als Anwoid." „Wos, der Depp?" „Wann kimmstn raus?" „I hoff moing, dann bin i wieder bei Eich." „Bist ned krankschribm?" „Des wärma seng. Du Steini konst Du mei Auto ind Werkstatt bringa lossn? Wega da Scheim?"
„Die Kistn städ untn, i kons obhoin lossn."
„Dua des doch bitte." „Aber zoin derfst säiba gä?" „Ja freili moch i dann scho." „Oiso Pfiaddi." Michi brachte zwei Tassen Kaffee und setzte sich zu Steini. „Und Steini, was meinst Du? Mit welchen Tricks wird der Kramerstein den Ungarn rausholen. Eigentlich kommt der ja fast nicht aus." „Du i woas a neda, komisch is des Ganze scho. Des schlimmste is aber, dass wenn der Krocket wirkli Recht hod, dann werd unser Psycho wiada zaschlong." „Wenn wir es nicht verhindern können." „I hoff, die Dr. Pfissing konn des Schmitz überzeing."
Die Tür ging auf und Elvira kam herein. „Guten Morgen die Herren." „Guten Morgen Frau Doktor, wie geht es denn unserem Patienten?", fragte Michi. „Dem geht's schon wieder ganz gut, der glotzt schon wieder jeder Krankenschwester hinterher und sammelt Handynummern." „Typisch, der hat nur eins im Kopf",

---

[18] festgenagelt

scherzte Steini. „Habt ihr noch etwas für mich, ich gehe jetzt dann zum Schmitz rüber."
„Nein, leider keine weiteren Erkenntnisse, was den Psychokiller angeht."
„Na dann bis später, wünscht mir Glück." An der Tür von Kriminalrat Schmitz klopfte es. „Herein." „Guten Morgen, Herr Schmitz". Elvira ging auf den Schreibtisch zu, gab ihm die Hand und setzte sich gegenüber. Ihre Bluse hatte sie ziemlich lasziv aufgeknöpft, um den Leiter der Mordkommission nicht nur mit Fakten zu beeinflussen.
„Frau Doktor, was kann ich für Sie tun?" „Herr Schmitz, bitte schicken Sie wieder die Streifen nach Grünwald, der Psycho ist noch unterwegs." Elvira begann Schmitz die Fakten zu schildern, doch der ließ sich nicht überzeugen. „Also Frau Doktor, Sie hat ja offensichtlich der Krockberger geschickt. Jetzt hören Sie doch mit dem Käse mit der Mordwaffe und acht Uhr auf. Wir haben eindeutige Aussagen der Beamten, die vor Ort waren und auf die verlasse ich mich. Die Streifen bleiben wo sie sind. Und ausserdem, hatten wir noch einen weiteren Überfall?
Nein. Gehen Sie einfach wieder in Ihr Büro und machen Ihre Arbeit und wir machen unsere." „Herr Schmitz, sind Sie so blöd oder tun Sie nur so. Schauen Sie nochmal genau auf das, was ich Ihnen gezeigt habe. Das ergibt doch alles einen Sinn."
„Und wo ist die Verbindung zwischen dem Oswald und der Siebenthaler, wo? Seien doch Sie nicht so dumm und setzen sich für einen sturen, verbohrten Schürzenjäger ein, das wird Sie nicht weiterbringen. Und nun wünsche ich Ihnen noch einen guten Tag." Schmitz komplimentierte Elvira hinaus.

„Arschloch", flüsterte sie nur in sich hinein und ging wieder zu Steini und Michi.
„Und wie wars, Frau Doktor?" „Nix wars, der hat ja einen Vogel und keine Ahnung von garnix. Und übrigens, sagts bitte Elvira zu mir, das ist einfacher." „Ich bin der Steini." „Und ich der Michi." „Ja das wusste ich " „Aber was tun, was können wir denn noch tun?" „Wir haben noch das Prepaid-Handy und den Drollinger." Der kommt erst wieder am Mittwoch und der Laden öffnet genau jetzt." „Steini warf Michi einen eindringlichen Blick hinüber." „Äh ja, dann fahr ich mal in den Laden." Michi ging hinaus und fuhr in den Handyladen, Steini und Elvira standen noch einige Zeit vor den Metaplänen und warteten händeringend auf einen Einfall.

10.30 Uhr

Die Türe ging auf und Kramerstein kam herein. „Meine Herren, ich möchte gerne mit meinem Mandanten sprechen, bevor er dem Haftrichter vorgeführt wird." „Sepp, hoi a moi den Dronaga und bring die zwoa ins Verhörzimma." Ein uniformierter Beamter führte den Rechtsanwalt in das Verhörzimmer und holte den Verdächtigen aus seiner Zelle.
„Traugott, komm ich jetzt raus?" „Nein Istvan, ich kann Dir nicht helfen, Budapest bleibt hart." „Dann sage ich alles und dann stehen hier ganz andere Leute vor Gericht und nicht mehr ich." „Du musst wissen was Du tust." Kramerstein schob ihm unauffällig einen kleinen Zettel hinüber. „Nein, was soll das, was wollt Ihr denn von mir, lasst meine Mutter und meine Schwester in Ruhe." Auf dem Zettel stand: ‚*Wenn Du redest, sterben Deine Mutter und Deine Schwester mit*

ihren Kindern.' Istvan stand auf und ging dem Rechtsanwalt an die Gurgel. Ein Beamter eilte hinzu und trennte die beiden, dann führte er den Ungarn wieder hinaus, der im Gehen noch Kramerstein ins Gesicht spuckte.
Im Büro der Beamten klingelte das Telefon. Es war Michi, er hatte interessante Neuigkeiten, Steini stellte auf laut. „Michi, die Elvira härd mid." „Ihr werdet es nicht glauben, ich habe die Verbindung zur Siebenthaler, die Prepaid-Karte samt Handy gehörte dem Oswald." „Michi des is a neie Spur, dann war der Oswald Freia bei dera Siebenthaler unds hod ebba doch an eifersüchtign Freind gebm."
„So Steini, ich lass Euch jetzt wieder alleine, Ihr habt genug Arbeit, servus." Elvira ging hinaus und Steini dokumentierte die Verbindung am Metaplan, dann griff er zum Telefon und rief Krocket an. „Servus Krocket, bass a moi auf, des Handy ghärt dem Oswald." „Wos, des is ja die Verbindung, jetzta hammas! Gäh glei zum Schmitz und sogs eam." „Du da ward Elvira scho, unds hodn ned interessiert." „Dann gäst numoi hi, scheissegal." „Ok, Krocket i probiers." Er ging hinüber zu seinem Chef und erklärte ihm den neuen Beweis. Der begann zwar zu zweifeln, blieb aber bei seinen Anweisungen.

11.45 Uhr

Die Tür öffnet sich und der Staatsanwalt kam herein. „Herr Steininger, der Haftrichtertermin Dronaga, kommen Sie mit?" „Freilich, guten Morgen, ich lass den Dronaga gleich bringen." „Sepp hoi a moi den Dronaga." Es dauerte einige Minuten und dann kam der Beamte hektisch angelaufen. Er stützte die Hände

auf seine Oberschenkel und rang nach Luft. „Der Dronaga hod si umbrocht." Der Staatsanwalt und Steini eilten in den Zellentrakt und sahen sie die Bescherung. Istvan hatte sich mit dem Bettbezug erhängt. „Nun meine Herren, dann gehe ich mal zum Haftrichter und sag dem Kramerstein, dass sich sein Mandat erledigt hat." „Herr Staatsanwalt, glauben Sie nicht, dass er da vielleicht mit drin steckt", mutmaßte Steini. „Ja, wie kommen Sie denn darauf?" Steini bückte sich und hob den Zettel vom Boden auf. „Schauen Sie, das könnte doch ein Anhaltspunkt sein oder? Lesen Sie selbst, das ist eine klare Drohung." „Lassen sie den sofort auf Fingerabdrücke untersuchen, vielleicht hat den ja der Kramerstein mitgebracht und war so blöd ihn anzufassen, so lange halte ich ihn hin."
Krocket eilte zur Spurensicherung während der Staatsanwalt zum Telefon griff und im Vorzimmer des Haftrichters anrief. „Ja hier Grotzke, ich schaffe den Termin Dronaga nicht pünktlich, bin noch bei der Kripo wegen wichtiger Informationen." „Ja, ja, ich weiß, er steht nicht auf zu spät kommen, ja, ich werde mich beeilen." Grotzke legte auf und machte sich auf den Weg zum Gericht. Vor dem Gebäude wartete er noch einige Minuten bevor er ins Richterzimmer ging. „Aja, der Herr Grotzke, auch schon da", begüßte ihn der Richter. „Bitte entschuldigen Sie, aber das Ganze hat sich hingezogen." „Wo ist der Beschuldigte?" „Ich dachte der wäre schon hier."
Weitere fünf Minuten vergingen und dann klingelte Grotzkes Handy. „Ja, drauf? Sehr gut Steininger. Es gibt neue Indizien, leider muss ich annehmen, dass dem Herrn Dronaga Drohungen vom hier anwesenden Herrn Rechtsanwalt zugeschmuggelt wurden. Wir

haben seine Fingerabdrücke auf einem Zettel auf dem eindeutige Drohungen gegenüber dem Dronaga stehen. Der hat sich übrigens vor einer Stunde erhängt." „Richard, der Zettel, das ist doch quatsch." „Ach Sie kennen sich?", fuhr der Staatswanwalt dazwischen. „Traugott, wenn da Deine Finger drauf sind, dann wird das wohl so sein. „Aber Richard, ich hab ihm den Zettel gegeben und dann hat er irgendwas draufgeschrieben, was kann ich da dafür." „Nun Herr Staatsanwalt, das erklärt wohl die Situation und der Fall hat sich erledigt." Wutentbrannt stand Grotzke auf und verließ das Richterzimmer, die Türe schlug er hinter sich zu.

12.30 Uhr

Michi kehrte ins Büro zurück. „Servus." „Servus." „Gibt es etwas Neues?" „Ja der Dronaga hod si aufghängt und es gibt an Zedl mid oana eindeitign Drohung gega sei Familie in Ungarn. Mir san uns sicher der Kramerstoa hod eam den zugschmuggelt, da Staatsowoid is grod bei da Haftpriafung." Das Telefon klingelte: „Hallo Herr Steininger, hier Grotzke. Der Richter hat den Kramerstein laufen lassen, die kennen sich offensichtlich." „Zifix des kon doch ned sei." „Doch leider, ich schlage vor, Sie überwachen den Kramerstein, ich besorge auch den Beschluß für eine Telefonüberwachung." „Basst, machma." Michi hatte mitgehört. „Weißt Du Steini, ich frage mich die ganze Zeit, warum sie den Krocket überfallen haben. Das macht doch eigentlich keinen Sinn." „Des is richtig, i frog mi des a scho die ganze Zeid. Er muas irgendwos gseng hom im Filou." „So langsam wird das alles etwas viel. Wir müssen auf Krocket aufpassen, den

Kramerstein überwachen und unser Psycho wird auch wieder zuschlagen, meinst Du nicht?" „I woas neda, des is ois schräg. Michi gäh doch bitte zu die Kollegen und mach des mid dera Überwachung klar. Die soin a Team schigga und des Technische eirichtn. Wemma mir blos den Drollinger scho dawischt hädn, der feid uns immer no. I fahr da numoi hi, eventuell isa jo scho zruck und Nachbarn hom si girrt."
Michi machte sich auf den Weg zur Bereitschaft um ein Überwachungsteam zu organisieren, dann wartete er auf die Genehmigung für die Telefonüberwachung des Herrn von Kramerstein, was wie immer dauerte, da es sich um einen Rechtsanwalt handelte.

13.45 Uhr

Steini hatte schwere Beine, als er die Treppen zur Wohnung Drollinger hinaufstieg. Besonders gepflegt schien ihm das Haus nicht. Eine typische Münchner Bausünde. Aber er wohnte auch nicht besser. In jedem Stockwerk, welches er überwand, kam ihm ein anderer Duft der großen weiten Welt entgegen. Ob Knoblauch oder orientalische Gewürze, hier wurde für alle Welt gekocht. Endlich hatte er sich bis vor die rote Türe geschleppt und drückte den Klingelknopf. Nichts rührte sich und Steini versuchte, an der Türe zu lauschen wofür er sein Ohr an diese anlegte. Von drinnen waren durchaus Geräusche zu hören, die vermuten ließen, es müsse jemand da sein.
Steini klopfte: „Polizei, öffnen Sie Herr Drollinger, ich höre Sie doch." Er musste an Krocket denken, er fehlte ihm genau jetzt, genau der Krocket der jetzt sagen würde: „Gefahr im Verzug oder?" Steini nahm allen Mut zusammen den er brauchte. Ohne Rücken-

deckung zog er seine Dienstwaffe, trat die Tür ein und stürmte in die Wohnung: „Polizei!", schrie er und begann jedes Zimmer zu durchsuchen. Als er das Wohnzimmer erreichte, sah er gerade noch, wie ein Mann, auf den die Beschreibung vom Drollinger passte, auf das Balkongeländer kletterte und offensichtlich springen wollte. Sofort steckte er seine Waffe zurück und versuchte beruhigend auf den Mann einzuwirken.
„Herr Drollinger, jetzt machen Sie doch keinen Unsinn, nichts ist es Wert, dass man sich das Leben nimmt", sagte Steini.
„Was wissen denn Sie schon, mein Leben ist nichts mehr Wert", bekam er zur Antwort während der Selbstmörder seinen Fuß wieder ein weiteres Stück hinaus schob. „Jetzt gehen Sie weg und lassen mich in Ruhe, sonst springe ich gleich." Steini nahm unauffällig sein Handy heraus und drückte Michis Kurzwahltaste.
„Ja? Hallo Steini, was gibt's?" „Herr Drollinger, jetzt kommen Sie doch runter, wollen Sie wirklich in der Balanstraße da unten landen und Ihr Leben verwirken. Das bringt doch nichts." Michi hatte verstanden und verständigte Feuerwehr, Notarzt und den polizeipsychologischen Dienst, wo sich Elvira sofort auf den Weg machte. „Warum wollen Sie sich denn umbringen?", wirkte Steini weiter auf den Verdächtigen ein.
„Meine große Liebe ist tot und ich bin Schuld." „Frau Siebenthaler war Ihre große Liebe?" „Ja, Sie war das Allergrößte was mir je begegnet ist und ich habe alles kaputt gemacht." Wieder rutschte er ein weiteres Stück hinaus Richtung Abgrund. Steini nutzte den Moment und rückte ein Stück näher, sodaß er nun im Rahmen der Balkontür stand. Unten trafen bereits die ersten Rettungskräfte ein.

Steini hielt ihm die Hand hin.
„Kommen Sie, geben Sie mir die Hand ich halte Sie, dann kann Ihnen nichts passieren." „Was passiert da unten? Die sollen verschwinden, ich will das nicht." Steini rutschte erneut näher. „Herr Drollinger, das Leben geht doch weiter, lassen Sie uns gemeinsam eine Lösung suchen."

„Nein, ich will nicht, es ist vorbei." Er ließ los und begann nach vorne zu kippen. In dem Moment packte Steini ihn um die Hüfte und versuchte ihn zu halten. Beide hingen halb auf dem Balkongeländer, wobei Max Drollinger immer weiter abzurutschen drohte. Steini tat was er konnte, um ihn zu festzuhalten. „Jetzt helfen Sie halt mit, dass ich Sie wieder nach oben ziehen kann. Schieben Sie sich mit den Händen am Balkongeländer hoch oder wollen Sie, dass wir beide abstürzen?" Der völlig verzweifelte Mann tat nun endlich um was Steini ihn gebeten hatte und mit letzter Kraft zog er ihn auf den Balkon, wo er ihm schnell Handschellen anlegte.
„Ich will sterben, lassen Sie mich doch." „Tut mir leid, mein Freund. Ich verhafte Sie wegen des Mordes an Maria Siebenthaler und Dr. Gerd Oswald. Sie haben das Recht zu schweigen. Alles was Sie von jetzt an sagen, kann und wird vor Gericht gegen Sie verwendet werden. Sie haben das Recht auf einen Anwalt. Wenn Sie sich keinen Anwalt leisten können, wird Ihnen von Staatswegen einer gestellt."

Steini hob ihn hoch und führte ihn ins Treppenhaus, wo ihm die Sanitäter schon entgegenkamen. „Ihr könnt wieder heimfahren, nix passiert." Sie drehten um und alle begaben sich zum Troß der Einsatzkräfte vor dem Haus. Elvira traf gerade ein, als Steini den designierten Mörder in einen Streifenwagen setzte. „Ins Präsidium Kollegen, mir kümmern uns spada drum." „Brauchst Du mich noch Steini?" „Nein Elvira, alles vorbei."

15.45 Uhr

Zurück im Büro besprach Steini mit Michi die Vorkommnisse. „Host Du die Überwachung organisiert." „Ja alles erledigt, die haben zwar wegen der Telefonüberwachung gezickt, aber der Grotzke hat entsprechend Druck gemacht." „Übrigens, mir ham den Drollinger, er hod scho zuagebm, dass er die Siebenthaler umbrocht hod. I dad song mir verhärman und dann übergebm ma ois am Staatsowoid." „Ok, dann hol ich ihn und wir gehen schon ins Verhörzimmer."
Steini wollte derweil Krocket über den neuesten Stand informieren. Der ging aber nicht ans Telefon. Warum wohl? Hatte der Schwerenöter doch nichts Besseres zu tun, als eine von den Lernschwestern zu vernaschen.
Es kicherte und gackerte unter Krockets Decke. „Scheiße, bist Du geil so wos stramms hob i ja zletzt in da Schui gseng. Gä her i zoag da a Moi wos. Krocket verwöhnte die junge Krankenschwester vom feinsten. Vollmundig saugte er an ihrem Paradies und wollte gerade ….., als die Zimmertür aufging und Elvira hineinkam. „Julius wo bist Du, ich bins Elvira." Krocket und die Krankenschwester schauten verdutzt unter seiner Bettdecke hervor. „Elvira, ich kann Dir alles erklären kein Problem."

„Was heißt hier kein Problem, da gibt es nichts zu erklären. Ich mache mir Sorgen und hetz mich ab, um nach Dir zu sehen und Du machst mit dem Kittelflitchen rum? Von wegen kein Problem." Sie drehte sich um und warf die Tür hinter sich zu, dass es der Wache vom Luftzug der Tür die Mütze vom Kopf blies. Die kleine Krankenschwester kletterte nun wieder aus dem Bett und zog ihr Höschen hoch. „Jetza bleib doch, is eh scho wegga."
„Na Herr Krockberger, da mächt i mi ned eimischn. Du host gsagt, Du bist Single." Und auch sie verließ das Zimmer während Krocket ihr noch sehnsüchtig auf den wunderschönen kleinen Knackarsch schaute. Das Telefon klingelte erneut.
„Krockberger." „Servus Patient, wia gäds da denn?" Es war Steini, der ihn endlich erwischte. „Ja. Basst scho, was gibt's?" „Mir hamma den Drollinger." „Und waras?" „I glab scho, mir verhörndn glei. Krocket Du muast ma an Gfoin tua. Denk numoi genau noch ob Du im Filou ned irgendwos gseng host, warum die di killn woitn. A jeds Detai is wichdig."

„Des hob i scho hundertmoi gmacht, mir foid aber nix ei. Moing bin i wiada im Dienst, do kennas olle macha wos woin." „Wennst moanst, oiso pfiadde." „Pfiadde Steini."

16.15 Uhr

Steini ging ins Verhörzimmer, wo Michi und Max Drollinger schon auf ihn warteten.
Er setzte sich und schaltete das Aufnahmegerät ein „AKQ133480, Verhör des Verdächtigen Maximilian Drollinger wegen des Mordes an Gerd Oswald und Maria Siebenthaler. Herr Drollinger, warum haben Sie das eigentlich alles getan?"
„Die Maria war meine große Liebe." „Und da bringen Sie sie um?" „Sie hatte mir versprochen mit dem Job aufzuhören und nur noch für mich da zu sein. Sie wollte sogar eine Umschulung zur Kosmetikerin machen." „Und dann?", fragte Michi. „Ich habe ihr so vertraut. Eines Tages, finde ich eine SMS auf ihrem Handy." „Und was stand drin?", fragte nun Steini. Er bekam keine Antwort. „Jetzt machen Sie es uns doch nicht so schwer, so reden Sie schon." „Du bist die Geilste, für Dich verlasse ich meine Frau." „Und von wem war die SMS?", fragte Michi.
„Na von dem Arschloch,dem Dummen, dem Oswald, diesem Gigolo. Ich war ihr wohl zu schlecht, aber der Herr Doktor, der war gut genug." „Und dann haben Sie sie erschossen?" „Nein ich habe sie in Flagranti erwischt und zur Rede gestellt."
„Und?"
„Max, mein Liebling, daß ist nichts Echtes sagte sie. Ich verdien mir nur etwas dazu. Dann habe ich den beiden die SMS gezeigt und sie gefragt, ob sie mich eigentlich verarschen wollen. Der Oswald hat mich dann ausgelacht und gesagt ich sei ein Schlappschwanz und jeder Freier würde es Maria besser besorgen als ich."

„Und dann sind Sie ausgerastet?", mutmaßte Steini. „Das Handy hab ich an die Wand geschleudert und bin gegangen." „Und was war dann?", bohrte Michi noch einmal nach. „Den Rest kennen Sie, dem Oswald bin ich morgens von der Klinik bis nach Hause nachgefahren und hab ihn erschossen.
Ich dachte, jetzt wird alles gut, doch Maria warf mir die Zeitung vor die Füße und sagte nur „Wenn Du meinst, dass bringt uns zusammen, bist Du schief gewickelt. Ich will so einen Looser wie Dich nicht. Und dann hab ich auch sie erschossen. Das war eine Woche später. Ich hab mir dann überlegt, ich lass es so aussehen, als ob es der Brotzeitkiller sei."
„Michi, informier doch bitt'schee an Staatsowoid und lossn wegabringa. Ende Vernehmung Drollinger 17.30 Uhr."
Die Morde schienen gelöst und Steini wollte gleich zu Kriminalrat Schmitz, um das Thema mit den Streifen nochmals anzugehen.
„Ahhhh Herr Steininger, haben Sie frohe Kunde?" „Ja Herr Schmitz, der Mord an dem Oswald und der Prostituierten ist geklärt." „Also werden damit die Überfälle aufhören?" „Nein, ich fürchte nicht, es war so wie Krocket gesagt hat, ein Trittbrettfahrer, der seinen Mord nur vertuschen wollte. Bitte schicken Sie die Streifen wieder nach Grünwald." „Also Herr Krockberger, es gab doch eigentlich keine Überfälle mehr, oder? Wissen Sie, ich würde dem Polizeipräsidenten gerne sagen, dass sich die Sache erledigt hat."
Steini wurde wütend. Er packte seinen Chef am Revers und schrie ihn an: „Schicken Sie die Streifen wieder nach Grünwald, sonst werde ich Ihnen die Dienstaufsicht schicken, haben Sie das verstanden?"

„Wenn es so wichtig ist, na bitte, ab morgen schicken wir wieder die Streifen. Aber nur für eine Woche, dann ist Schluß, der Steuerzahler hat keinen endlosen Geldbeutel." Wutentbrannt verließ Steini das Büro wieder.
„Mei Michi, is des a Oarschloch." „Bekommen wir die Streifen wieder?" „Ja, ab moing mid da Friaschicht, aber nur fira Woch." „Na, das ist doch auch schon was. Ich habe übrigens die ersten Protokolle und Bilder von der Überwachung vom Kramerstein." „Zoag a moi her. Ja wer gäd denn do Ein und Aus bei dem?" „Ja gell, sehr interessant, angeblich alles ungarische Geschäftsleute, aber die zwei hier sind uns bereits bekannt. Menschenhandel und Drogenschmuggel." „Gä, sowos und des beim seriösen Herrn von Kramerstein." „Ja ich denke wir sollten die Bilder dem Krocket zeigen, vielleicht kann er sich an jemanden erinnern." „Machma, aber erst moing, jetza is Feiaobnd."
Beide packten ihre Sachen zusammen und machten sich auf den Heimweg.

18.30 Uhr

Endlich kam Steini wieder einmal zur normalen Zeit nach Hause. Er freute sich auf seine Familie und wollte gleich zum Nachwuchs ins Kinderzimmer.
Als er die Tür öffnete, kam er allerdings kaum dazu, da ihn Rita und Lisa freudig begrüßten und ihn fest in den Arm nahmen. „Jetza losstmi doch a moi lufthoin." „Mei, wir freuen uns halt so, dass wir Dich mal wieder sehen." „Wo ist denn mein kleiner Augenstern?" „Komm wir schleichen uns mal rein." Rita öffnete die Türe zum Kinderzimmer und alle drei schlichen leise

hinein. Da lag der kleine Racker und ballte seine kleinen Fäuste im Schlaf. „Mei wia liab, ganz da Bapa gäi." „Naja, Gott sein Dank nicht", flüsterte Rita. „Weißt Du, wir sollten schon langsam auch mal einen Namen finden." „Ja zi fix, des hob i ja komplett verbrumselt." Sie gingen wieder hinaus und setzten sich ins Wohnzimmer. „Julius", sagte Steini nur. „Kommt nicht in Frage, Julius, was ist denn das für eine Schnapsidee." „Da Krocket hoast a so." „Was? Ich dachte, der heißt nur Krocket", sagte Rita und lachte. „Ich fände Johannes oder Maximilian ganz schön." „Oder Mustafa, so heißt ein Junge im Kindergarten", gab Lisa zum Besten. Beide mussten lachen, denn wie sollten sie Lisa nur erklären, dass dieser Name etwas zu ausgefallen wäre. „Georg, wia da Uroppa." „Georg klingt gar nicht schlecht." „Und Georg Julius?" „Also in Gotts Namen, nennen wir ihn Georg Julius." „Und da Krocket wird Pate, ok?" „Ja, wenn es Dich glücklich macht, dann wird dein bester Freund Pate."
„Habts Ihr scho wos gessn?" „Ja, Lisa und ich sind schon verpflegt und Du kleine Frau gehst jetzt eh ins Bett, ja?" „Ok Mami", sagte Lisa und verschwand in ihrem Zimmer.
Einige Minuten später standen Rita und Steini auf, um Lisa gute Nacht zu sagen, doch die war bereits eingeschlafen.

19.30 Uhr

„Also, dann mach ich Dir noch eine Brotzeit, ok?" „Ja Spotzerl und a Bier." Rita ging in die Küche und richtete etwas Pressack her und dazu schenkte sie ihrem Liebsten eine Halbe vom feinen Augustiner ein.
Als sie Steini sein Abendessen auf den Tisch stellte, lief ihm bereits das Wasser im Mund zusammen. Er setzte das Glas an und nahm einen tiefen Schluck des edlen Elixires.
„Mei is des Guad", sagte er nur noch und begann zu essen. Rita schaltete den Fernseher ein und es war Ruhe und Friede im Hause Steininger.

Zur gleichen Zeit saß auch Michi auf seiner Couch und fragte sich wo Sandra sei. Er rief sie am Handy an: „Hi Michi." „Hi Sandra, wo bist Du denn?" „Ich bin noch auf einer Studi-Party." „Aha, davon hast Du aber nichts erzählt." „Ja, war ganz spontan." „Wenigstens eine SMS hättest Du mir ja schreiben können." „Ach Michi, so ist das Studentenleben nun mal." „Das kann schon sein, aber mein Leben besteht nicht aus Studentenparties. Wann kommst Du denn?" „Ich weiß es noch nicht, wahscheinlich übernachte ich eh hier, weil es zu spät wird." „Ach ja und das teilst Du mir mal eben so mit." „Jetzt beruhig Dich doch, ist doch alles nicht so schlimm." „Also Sandra, sorry, überleg Dir, was Du willst, Studiparties oder mich, so passt mir das nicht." „Michi, jetzt mach keinen Stress."
„Ich mache keinen Stress, es nervt mich." Michi knallte das Telefon auf den Boden.
Dann stand er auf, zog sich seine Schuhe an, nahm seine Lederjacke und machte sich auf den Weg nach

draußen. Er brauchte dringend frische Luft. In der Kneipe an der Ecke war noch einiges los und er beschloß hineinzugehen.

Er stellte sich an den Tresen und bestellte ein Bier und wie er da so stand und über alles nachdachte, hatte er Bilder von den Amerikanern im Kopf, wie sie Sandra gerade vernaschten und der gefiel es so begehrt zu sein. Mit jedem Bier steigerte er sich weiter hinein und irgendwann war ihm dann alles wurscht. Der Alkohol hatte seinen Zweck erfüllt.

Dienstag, 31.08., 0.15 Uhr

„Wir schließen jetzt, sagte die junge Bedienung zu ihm." „Jetzt schon?" „Es ist schon nach 12." Michi hatte die Zeit vollkommen vergessen. „Ich habe noch Durst." „Aber hier darf ich Ihnen nichts mehr ausschenken."
„Dann begleiten Sie mich doch noch woanders hin, was meinen Sie? Ich bin der Michi." Er hielt der jungen Frau die Hand hin. Die überlegte einen Moment und stimmte dann zu. „Jenny", sagte sie und nahm seine Hand. „Wir können noch ins „Barefoot" gehen, wenn Du magst. „Gerne, das kenne ich zwar nicht, aber ich verlass mich auf Dich."

„Sehr gut, ich zieh mich nur kurz um und dann können wir los." Jenny verschwand in einem Hinterzimmer des Lokals. Neugierig wie Michi war, spekulierte er ihr hinterher und durch einen Spalt konnte er in das Leergutlager schaun, wo sich Jenny ihre Zivilklamotten anzog.
„Mann, hat die lange Beine, Wahnsinn und Boah …" Jenny zog gerade ihre Kellnerbluse aus und Michi konnte ihre drallen jungen riesigen Brüste sehen. „Wahnsinn, das ist ja unglaublich."

Plötzlich hörte man einen dumpfen Schlag. Michi war mit seinem Kopf an die Türe gestoßen und Jenny hatte ihn erwischt. „Soso, der Herr hälts wohl nicht aus was?" Michi wurde ganz rot. Man muss nun erwähnen, dass Michi ein sehr hübscher junger Mann war mit toller sportlicher Figur, dem die Frauen schon verfallen konnten.

Er wusste das wohl noch nicht und hatte keine Ahnung, was er mit diesem Talent anstellen konnte. Die Spannung stieg und Michi stand da, mit knallroter Nase, vor ihm Jenny in wunderschöner weisser Unterwäsche. Die Situation war präkär und doch merkte man ein Knistern in der Luft, als Jenny ihm um den Hals fiel und ihn zu küssen begann. Michi hielt kurz inne und dachte an Sandra, doch dann hatte er wieder das Bild mit den Amerikanern im Kopf und erwiederte Jennys Zuneigung.

Sie begann Michi auszuziehen und küsssste erst seinen Mund, dann seine Brust und dann zog sie ihm die Hose runter.
Zärtlich brachte sie ihn nun in vollkommene Extase, aus der er glaubte nie mehr rauszufinden und dann dann zog sie ihren BH und ihren Slip aus. Michi war perplex, wie in der blauen Lagune, einem romantischen Film aus den 80ern, umarmten sie sich und standen da, als wäre es für die Ewigkeit in einer eigenen Welt um ihn und Jenny herum.
Dann kniete sie nieder und nahm ihre großen wunderbaren Brüste zwischen ihre Hände und verwöhnte ihn mit ihrer weichen großen Lust an der Stelle, die er am liebsten hatte.
„Komm, spritz mir auf meine Brüste", stöhnte Jenny, doch Michi hatte etwas anderes im Sinn. Er zog sie wieder zu sich hinauf und hob sie auf seinen Phallus. Dann drehte er sich um und drückte sie gegen die Wand. Mit starken Stößen versuchte er sie glücklich zu machen. Immer schneller und fester stieß er zu, bis Jenny vor Freude schrie und dann sagte sie wieder:

„Und jetzt spritz mir auf meine geilen Brüste."
Bei dem Satz ließ Michi sie runter und Jenny ging gleich auf Tauchstation, nahm seinen besten Freund zwischen ihr Milchwerk und ließ ihn Spaß haben bis er endlich kam. „Hm geil, das macht mich total an", sagte Jenny und verteilte Michis Honig auf ihren Brüsten. Der wusste nicht wie ihm geschehen war und stand nun etwas verloren da. „Nicht, dass Du glaubst, ich mache so etwas dauernd. Aber bei Dir hab ich so ein Gefühl gehabt und dann hat es mich übermannt oder soll ich sagen überfraut?"
„Ähm Jenny, äh gehen wir jetzt noch wohin?" Jenny gab ihm einen Kuß. „Was glaubst denn Du, jetzt wo ich Dich gerade gefunden habe, lass ich Dich bestimmt nicht gleich laufen. Sie zogen sich wieder an und begaben sich auf den Weg ins Barefoot. „Schau, da vorn ist es gleich, nur hier um die Ecke."
Eine wundervolle Nacht stand über München, als Michi einen großen Fehler begann. Was er aber erst am nächsten Morgen lernen sollte.
Er nahm Jenny mit zu sich nach Hause.

10.30 Uhr

Jenny und Michi lagen nackt quer übereinander in Michis Bett, als sie ein Schrei weckte. Es war Sandra, die vor ihnen stand und die Welt nicht mehr verstehen wollte. Sie drehte sich einfach nur um und verschwand.
Jenny gähnte. „Wer war das denn?" „Eigentlich meine Freundin." „Ups, da bin ich wohl ungelegen gekommen." „Ich bin verwirrt und weiß gerade nicht was ich sagen soll."

„Michi, weißt was, ich gehe jetzt mal duschen und dann verschwinde ich und wenn Du wieder weißt was Du willst, dann weißt Du auch wo Du mich findest, ok?"
Jenny stand auf, packte ihre Klamotten und verschwand im Bad, wo auch Michi hinwollte, doch Jenny schlug ihm die Tür vor der Nase zu. „Und bis Du weißt was Du willst, gibt's auch nix mehr zu sehen."
Ein paar Minuten später kam sie angezogen wieder raus und verschwand genauso wie Sandra.
Michi machte sich auf den Weg ins Büro. Dort war bereits große Aufruhr, denn Krocket war wieder da. „Servus kimst a scho?" „Wie auch schon, was machst Du denn hier und was ist denn los?" „Heid Nocht samma bschäfdigt gwen, oder?"
„Oh Mann ich hab ja mein Handy auf den Boden geknallt und dann liegen lassen. Was ist denn passiert?"
„Heid Nocht so gega zwoa, liag i in meim Betti und dram so vor mi hi, ois is stockfinster und i denk i bin jo sicha, aber weid gfeid?. …

„Zruggschaut" - Flashback
Was war geschehen?

Gegen zwei Uhr schliefen schon alle Patienten im Krankenhaus und nur im Schwesternzimmer brannte noch Licht. Oberschwester Carla sah sich die Berichte an und trank einen Schluck Tee, als am Ende des Ganges eine dunkle Gestalt Richtung Krockets Zimmer schlich. Kurz vor dem Schwesternzimmer duckte sich der mutmaßliche Angreifer, dass man ihn nicht sehen konnte. In einem Moment der Unachtsamkeit drehte Schwester Carla sich weg und konnte vom Täter mit einem Tuch und Chloroform betäubt werden. Dann nahm er ein Reagenzröhrchen und ließ es auf den Gang rollen.
Das Geräusch brachte Krockets Wache auf den Plan, die ihren Platz verließ, um nach dem Rechten zu sehen. Als sie am Schwesternzimmer vorbei war, packte der Täter auch den Polizisten und betäubte ihn. Dann machte er sich auf den Weg zu Krocket.

Leise und bedächtig öffnete er die Zimmertür. Das Licht der Notbeleuchtung blitzte kurz zu Krocket, der dadurch blinzeln musste.
Dann stand der Mann an seinem Bett und hatte ein Messer in der Hand. Im letzten Moment wachte Krocket auf und drehte sich zur Seite, so dass der Stich an ihm vorbei ging.
Mit einem Reflex schlug er den Täter nieder, drückte den Notknopf, sprang aus dem Bett und drehte dem Mann beide Arme auf den Rücken und kniete auf ihm. Kurz drauf kamen die alarmierten Schwestern herbei und auch sein Kollege schlich herein und hielt sich dabei den Kopf.

Krocket ließ sich Handschellen geben und alarmierte per Funkgerät, welches er auch vom uniformierten Beamten bekam, die Kollegen. Der Täter wurde weggebracht und Krocket entließ sich kurz drauf auf eigenen Wunsch.

„So Michi, jetzta woast was war. I hobs im Griff ghobt, basst scho." Steini kam herein und brachte den Bericht der Spurensicherung, die noch in der Nacht im Krankenhaus waren. „Ah Servus." „Servus." „Und wissma scho wos?" „Unsa Täta is koa Unbekannta, ghärt zu so am Schlägertrupp aus Ungarn. Sogt aber ned wer sei Aufdroggeber is. Jetza foid ma wiada wos ei, Krocket schaug a moi auf die Buidl, die sand vo da Überwachung vom Kramerstoa, kennst vielleicht ebban?"
Krocket schaute sich die Bilder genau an. Immer und immer wieder ging er mit der Lupe jedes Detail durch. Und dann tippte er mit dem rechten Zeigefinger auf einen der Männer, die aus Kramersteins Kanzlei kamen. „Der Typ hod des Messa gworfa, da bin i ganz sicher." „Dann ruaf i den Grotzke o und mir fahrma zum Kramerstoa", schlug Steini vor.

13.45 Uhr

An der Kanzlei von Rechtsanwalt Kramerstein eingetroffen, stiegen die Kollegen der Mordkommission samt Staatsanwalt aus ihrem Wagen und gingen zum Eingang. Dort klingelten sie und der Türsummer gab das Signal zum Einlaß. Drinnen wurden sie von der Sekretärin empfangen. „Guten Tag meine Herren, wie kann ich Ihnen helfen?" Krocket zog seinen Ausweis und alle trabten an ihr vorbei. „Gar ned, Bolizei, mir heifma uns säiba." „Aber meine Herren, Sie können da jetzt nicht rein, der Herr von Kramerstein hat einen Mandanten da." Völlig unbeirrt öffnete der Staatsanwalt persönlich die Tür. Gellendes Gelächter hallte durch die Jugendstilvilla. „Woi äha a Mandatin ha", frotzelte Krocket. Das Bild war für die Götter: Auf

Kramersteins altem Mahagonischreibtisch lag eine Mitfünfzigerin mit hoch geschobenem Rock und runtergezogenem Höschen. Kramerstein lehnte mit runtergelassener Hose über ihr und sein Schlips hatte sich im Ausschnitt der Dame verhakelt. „Meine Herren, ich bitte Sie, verlassen Sie sofort mein Büro, sehen Sie denn nicht, dass ich beschäftigt bin?" Keiner hatte mitbekommen, was er gesagt hatte, da sich sich alle noch im Lachkoma befanden. Selbst Kramersteins Sekretärin konnte kaum an sich halten.
„Herr Kramerstein, ziehen Sie sich bitte an. Sie haben zwei Minuten, dann kommen wir rein", sagte Grotzke und schloß die Tür wieder.

Kurz drauf öffnete sich diese von selbst und die ziemlich pikierte Lady versuchte sich an den Beamten vorbeizumogeln. Kramerstein stand nun vor Ihnen. „Also meine Herren, was soll dieser Überfall?" Krocket bemerkte als erster die nächste Peinlichkeit. „Äh Herr Rechtsanwalt, is des a Kondom wos sie do in Eanam Reißverschluß eiglemmt ham?" Er konnte den Satz kaum beenden, da verfielen alle erneut ins Lachkoma und Kramerstein versuchte das Kondom aus seinem Hosenstall zu fummeln. Nach einigen Minuten hatte er es endlich geschafft.

„So, jetzt sagen Sie schon, was sie wollen?" „Hier ist ein Foto, wer ist der Mann darauf?" „Wo haben Sie das her?" „Hier ist der Beschluß dazu, nun sagen Sie schon, wer das ist." „Tut mir leid, anwaltliche Schweigepflicht." „Huber, verhaften Sie den Mann wegen Beihilfe zur ...." Grotzke konnte seinen Satz kaum beenden, da hatte sich Kramerstein offensichtlich entschieden, zumindest die Namen Preis zu ge-

ben. „Die Namen kann ich Ihnen ja sagen, aber mehr nicht. Das ist der Gabor Schengrü und der heisst Adrienn und ist sein Leibwächter." Dabei deutete er auf den Mann den Krocket gesehen hatte. „Und wo können wir die Herren nun finden?", fragte Grotzke. „Das entzieht sich meiner Kenntnis, aber ich würde im Filou suchen. Und das mit der Dame bleibt unter uns, nicht wahr?" Der Staatsanwalt hatte sich bereits umgedreht und ging Richtung Ausgang. Die Polizeibeamten folgten ihm.
Steinis Handy klingelte. „Steininger, ja was ok, wo, ja natürlich, wir kommen." Er legte auf und informierte seine Kollegen hektisch über den Inhalt des Anrufs. „Unsere Streifan warn zspad, er hod wiada zuagschlong." „zGräawoid?" „Fräili, wo sonst", sagte Steini. „Herr Grotzke ich hoffe mal es macht Ihnen nichts aus, sich ein Taxi zu nehmen, wir müssen dringend nach Grünwald", informierte ihn Steini. Der Staatsanwalt konnte kaum antworten, da waren die drei Beamten schon mit Blaulicht und Sirene unterwegs.

15.10 Uhr

Sie waren die Ersten, nach der Streife, die am Tatort ankamen. Die Eingangstür stand offen und davor wartete einer der Kollegen. „Servus." „Servus, da Kollege is scho drin und d'Spusi und da Doc sand aufm Weg." „Ok, dann schaug mas uns amoi o." Die drei gingen hinein und wollten als erstes die Küche besichtigen. Krocket benötigte nur einen kurzen Blick, um zu erkennen, dass dies der Psycho war. „Schaugts, des richdige Bier."

Lang hielten sie sich nicht auf und gingen umgehend ins Schlafzimmer. Dort bot sich ein Bild des Grauens. Ähnlich wie das letzte Opfer schien auch diese Frau brutal ermordet worden zu sein.

Die Flecken am Hals liessen darauf schließen. Diesmal hatte der Killer einen Holzpflock in ihr stecken lassen und ihr einen Finger abgeschnitten, der neben ihr auf dem Bett lag. „Wie krank muss man denn sein, wenn man so etwas tut", sagte Michi, den es würgte. „Er hod si numoi gsteigad, i hobs Eich gsogt." Krocket ging kurz hinaus zu einem der Streifenbeamten. „Wer hodn Eich ogruafa?" „Die Putzfrau, sie sitzt in unserm Auto."

Krocket ging zum Streifenwagen hinüber während die Spurensicherung und der Doktor eintrafen. Er öffnete die hintere Türe. „Grüss Gott, mein Name ist Krockberger und wer sind Sie?" „Mein Name ist Meier, Elisabeth, ich putze hier." „Wann haben Sie die arme Frau gefunden?" „Ich kam so gegen 13.00 Uhr und dachte erst, das in der Küche war ein Scherz. Ich bin zuerst in den Waschkeller, um die Wäsche aufzuhängen und habe die arme Frau Doktor erst später gefunden." „Wissen Sie vielleicht bei welchem Friseur sie war?" „Ja, ich glaub das war einer in der Stadt, sie hat immer davon gesprochen, der hieß so französisch." „Chez Charlie vielleicht?"
„Ja, genau der ist es." „Also vielen Dank, wenn wir noch Fragen haben, melden wir uns." Krocket ging wieder hinaus ins Schlafzimmer und machte ein Foto von der Toten.

„So Kollegen, backmas, die gäd a zu dem Frisör in da Maximilianstrass, da fahrma glei hi."

Auf dem Weg nach draußen kamen ihnen schon die Kollegen entgegen. Stangl und Ratzi sagten nur: „Mir schickma an Bericht."

15.45 Uhr

Steini stellte den Wagen in der Maximilianstraße ab. Alle drei betraten den Friseur und ihr Freund ‚Tscharly' kam sofort auf sie zu. „Ahh, die Herren von der Schutztruppe, was kann ich diesmal für Sie tun?" Krocket zog sein Handy heraus und zeigte ihm das Bild des Opfers. „Pfui Teufel, wie sieht die denn aus. Der Friseur drehte sich um. „Kennen Sie die Frau." „Jaa, die ist... äh war Kundin bei uns." „Ihnen ist schon klar, dass alle Opfer Kundinnen Ihres Ladens waren?" „Ich habe damit nichts zu tun, das wissen Sie." „Denken Sie nach, gab es zwischen den Damen weitere Gemeinsamkeiten, war an Ihnen etwas Besonderes?"
Der Frisör zog Krocket zu sich heran und flüsterte ihm ins Ohr: „Herr Kommissar, sie dürfen aber nicht petzen, die Damen hatten alle miteinander noch einen Spezialservice." Dabei zwinkerte er mit einem Auge. „Spezialservice?" rief Krocket mit lauter Stimme. „Bscht, nicht so laut." Charlie flüsterte weiter: „Nach dem Haare machen, haben wir ihnen einen Gigolo vermittelt. Zudem sind sie dann ins Hotel und haben sich vernaschen lassen. Spezialservice unseres Hauses. Nicht weitersagen, ja, Herr Kommissar?" „Geben Sie mir die Nummer dieses Dienstes." „Hier ist sie." Er ging an seinen Tresen und holte eine Visitenkarte aus einer Schublade. „Lovemans, heisst der Laden."

Michi und Steini hatten nicht viel mitbekommen. Krocket wollte sie draußen über den neuen Sachverhalt informieren.

Zeitgleich im Keller des Killers. Schweißperlen liefen ihm über die Stirn, als er die neuen Fotos seiner letzten Tat betrachtete. Er stöhnte bei jedem Wort. „Ihr kriegt mich nicht, erst werde ich dieses Sodom und Gomorra beenden. Ihr kriegt mich niemals. All Ihr Frauen, die Ihr Eure Männer betrügt, sollt sterben. Und Dich, Herr Kommissar, kriege ich auch noch." Er hatte ein Bild von Krocket an der Wand und malte ein schwarzes Kreuz drauf.

16.30 Uhr

„So, jetzt wissts wos do los is", sagte Krocket zum Abschluß. „Diese reichen Frauen gehen zum Frisör und lassen sich dann noch durchvögeln, unglaublich", merkte Michi an.

Sie stiegen wieder in ihr Auto und fuhren zurück ins Präsidium, um die neue Situation in ihre Ermittlungsergebnisse einzubeziehen.

Michi schaute immer wieder nervös auf sein Handy. „Wos hostn?", fragte ihn Steini. „Ich hab Scheiße gebaut." „Was mit der Sandra?" „Jaaa, es hat mich halt so aufgeregt, dieses doofe Stundentenleben und die dauernden Parties. Da hab ich mich gestern vollaufen lassen. Und die Bedienung in der Kneipe war so scharf und ich hab mich da so reingesteigert, dass ich sie vernascht hab und später sogar mit nach Hause genommen habe. Und Sandra hat uns am nächsten Morgen erwischt." „Na Bravo, des kannst glatt vom Krocket ham." „Ja mei, i hob den gleichan Mist gebaut, wobei am liabsten isma wurscht." „Wie Du a?"

„Jo, im Grangahaus hob i a Lernschwester vernascht und Elvira hod mi dawischt." „Mei, ihr zwoa seids echt Helden." „Hää, d'Elvira hod gsogt sie wui ungebunden sein, oisi spuid des woi koa roin, oder?" „Du hostas ned gspannt Krocket, die ganze Nocht is an deim Bett gsessn, die liabt di." „Gä, so a Schmarrn, sie hods ma ja säiba gsogt sie, wui nix fests und i a ned." Michi ging dazwischen:
„Äh Kollegen, bei mir ist die Sachlage etwas anders, ähm, ich glaub ich geh heute Abend nochmal in die Kneipe und die Sandra soll ihre Sachen holen. Ich lass mich nicht von so einer Rotzgöre verrückt machen. Studiparties, so ein Quatsch." „Schaug Krocket, der positioniert si wenigstens. Und Du?" Steini begann Krocket zu schubsen. „Was wuist Du vo mir?" „Du entschuidigst Di sofort bei da Elvira und biagsts wiada hi, klar!" „Mann Steini i woas neda." „Duas oafoch oder i red nimma mid Dir."
Vor Wut rannte Steini hinaus und schmiß die Tür hinter sich zu. Draußen stand er dann und wusste garnicht was er wollte. Also drehte er um und ging wieder hinein.
Krocket hatte den Hörer in die Hand genommen und tatsächlich bei Elvira angerufen. „Jetza Spotzerl, nimms doch ned so ernst." „So, ernst also? Eine 19-jährige Lernschwester im Krankenzimmer vernaschen und ich soll das nicht so ernst nehmen, sag mal, spinnst Du?" „Aber Du host gsogt, Du wuist ungebunden sei."
„Ja, ich weiß!" „Sog Elvira, wiafui Rosen sans denn Wert dasd drüber nochdenkst mid mir zum Giovanni zum geh, ha?" „Ach Julius, für jedes Pfund eins, um Acht holst mich ab, ja?" „Ok, moch i." Er legte wieder auf und ballte die Faust zur Siegespose.

Ihm war noch nicht ganz klar, was eine Rose pro Pfund bedeuten würde. Als er es den Kollegen erzählte, begann Steini zu rechnen: „Oiso, 160 Stück werst scho kaffa miassn." „Spinnst Du, woast was des kost." „Jetzt muast schaung, was da Wert is. Und übrigens der Gloa hoast Georg-Julius und i häd gern, dass Du Pate wärst." „Steini, des is aber jetzta a Ehr für mi. I Dank Da sche."

„Wo is eigentlich da Michi?" „I glab der is verschwundn und kimmat si um sei Zeig und des mach i jetzta a", sagte Steini und verließ das Büro. Krocket setzte sich an seinen Computer und begann seine Kontakte am Großmarkt zu aktivieren. 160 rote Rosen, das war kein Pappenstil. „Flatuschek, bist das Du? Da Krocket is do, i brauch 160 roude Rosn." „Host koane mera, ok. I sois beim Ranjid probiern, ok, ja oiso dann merci Servus." Er wählte Ranjids Nummer. „Ranjid Flower Power Gris Gott." „Ranjid, da ist der Krocket von Polizei, hast Du Deine Rosen schon verteilt?" „Ahh Polizeimann, nix verteilt Rosen, anfangen erst um 19 Uhr." „Ich Dir kaufen alle ab, ok?" „Warum spricht Polizist so komisch?" „Wos wuist fir die Rosn ham?" „Äh überleg ich mal... ganzer Abend Verkauf, hm 500€!" „Du Gangster, Dir loss i d'Lizenz entziang. I gib da 300, ok?" „Also, nur weil Sie guter Polizeimann sind, machen wir 300€." „Ich bringe sie zum Revier und dann zahlen."

18.00 Uhr

Krocket brütete noch über den Akten und versuchte eine Strategie zu entwickeln, wie man weiter vorgehen sollte. Wichtig war auf jeden Fall diesen Callboy-

Service genauer unter die Lupe zu nehmen, ob es dort weitere neue Verbindungen geben würde.

Das Telefon klingelte: „Herr Krockberger, hier ist die Pforte. Ein gewisser Ranjid wäre da." „I kum obi." Krocket legte auf und ging hinunter. Ranjid grinste bereits, als er ihn sah. „Ah Polizeimann, zeig mir Geld." „Jetzta zoagst ma erst amoi deine Rosn und dann kriagst die Geid." Sie gingen zu Ranjids Wagen und der öffnete den Kofferraum. „Ja, zi fix sand des fui, da brauch i ja mei Auto." Krocket ging zum Parplatz und holte seinen Charger. „Ah Polizeimann, alte Auto mit großem Motor guuuud." „Jetz lods um und fertig." Krocket gab ihm die 300€ und stellte seinen Wagen zurück.

Im Büro sinnierte er weiter über den Fall. Ihn beschäftigte immer noch das Thema Kampftechnik, da sollte doch etwas zu machen sein, so viele konnte es doch gar nicht geben, die einen derartigen Griff drauf hätten.

Bei all seinen Gedanken nickte er plötzlich ein. Um Acht klingelte sein Handy. „Julius, ich warte auf Dich, wo bist Du?" „Ah Elvira, bin eigschloffa, sorry machmi glei aufn Weg." Er nahm die letzte Zigarette aus seinem Päckchen und steckte sie an. Dann ging er zu seinem Wagen und fuhr zu Elvira.

Er war durchaus nervös, als er vor ihrer Tür stand. Als sie öffnete war die erste Frage:

„Wo sind die Rosen?" „Jetza kimm oba i zoags da."
„Du bringst sie rauf."
„Gäh Elvira, des is a ganzer Kofferraum voi."
„Egal, bring sie rauf." Krocket zog also sein Sakko aus und begann die Rosen zu Elvira hinauf zu bringen. Als die Badewanne voll war, sagte sie nur:

„Komm her und mach sowas nie wieder!" Sie küssten sich und alle Befürchtungen, die Krocket hatte, sich emotional zu binden, trafen ein.

Auf dem Weg zum Abendessen lehnte sich Elvira die ganze Zeit zu ihm hinüber und auch beim Essen versuchte sie, ständig seine Hand zu halten. Von ihrem Dessert bekam sie kaum etwas, da sie das Meiste liebevoll an Krocket verfütterte.

Als sie auf dem Heimweg die Prinzregentenstraße entlang fuhren, sagte sie: „Weißt Du Julius, da unten an der Isar ist ein Platz, da kann man aus dem Auto den Sternenhimmel sehen, fahr doch dahin." Krocket war jetzt nicht direkt der große Romantiker, aber irgendwie gefiel ihm der Gedanke, denn er kannte den Platz auch, er war gut für eine Nummer im Auto. Und so kam es dann auch. „Jetzta Elvira, los mi a moi dohi." Krocket lehnte über ihr und versuchte den Mechanismus für den Liegesitz zu erreichen.

„Sind wir dafür nicht zu alt." „Gä schmarrn, wärst scho seng." Endlich schnalzte der Sitz nach hinten und Krocket schwang sich zu ihr rüber. Leider hatte das alte Modell wohl schon zu viele Aktionen dieser Art hinter sich, die Rückenlehne brach ab und beide lagen mit einmal auf einem komplett zerlegten Autositz.

„I glab, mir gehma doch zu Dir ha?" Elvira lachte: „Ich glaub auch." Sie fuhren in die Wörthstraße zurück. Elvira saß auf dem Rest des Sitzes und hielt sich am Türgriff fest, während der Charger seinen Weg durch die Stadt machte. Als sie endlich in Elviras Bett lagen, musste sie lachen. „Eigentlich Julius, bist Du ja ein furchbarer Kindskopf. Wie kommst Du überhaupt auf so eine Idee, eine junge Krankenschwester in Deinem Krankenzimmer zu vernaschen. Das ist doch unglaublich, werde doch mal erwachsen." „Findst Elvira?" „Ja, finde ich." „Dann basst jetza a moi genau auf." Krocket stand auf und kniete sich vor ihr Bett. „Elvira, willst Du meine Frau werden?" Damit hatte sie nicht gerechnet, dachte aber sehr genau nach was sie sagen sollte, denn insgeheim kalkulierte Krocket ein ‚Nein' und das wollte sie ihm jetzt erstmal nicht geben. „Ja Julius, ich will!", sagte sie nur und Krocket fiel in Ohnmacht.

Kurz drauf konnte sie ihn wieder ins Leben holen. „Julius, hallo aufwachen." „Ja, wos is?" „Ah i war woi kurz wegga, oder?" „Ja warst Du, hast wohl nicht mit meiner Antwort gerechnet was?" „Wos fira Antwort auf wäiche Frog?" „Jetzt verarsch mich nicht schon wieder. Du hast mir einen Heiratsantrag gemacht, um mir zu zeigen, dass Du scheinbar erwachsen werden willst und ich hab ‚Ja' gesagt."

„Ja Elvira, Du wirst doch ned so an Deppn wia mi woin, oder?" „Und Du Julius, wirst doch nicht so eine kleine Dicke wie mich wollen, oder?"

„Doch wui i scho!" „Eben und ich auch." Sie nahmen sich ganz fest in den Arm und küssten sich. Sie hatten das Gefühl, diese Nacht sei nur für sie geschaffen worden und schliefen kurz drauf zufrieden ein.

23.30 Uhr

Michi hatte sich mit Sandra verabredet, um die ganze Sache zu klären. Seit 22.00 Uhr wartete er nun, dass sie auftauchen würde. Sein Handy vibrierte, es war eine SMS. „Sorry, habs nicht geschafft, hier tobt noch der Bär, komm doch vorbei."

Michi verstand die Welt nicht mehr, wollte er doch nur die Sache klären und sich dann mit Jenny treffen

und jetzt war diese SMS alles was er bekam. Ihm schwoll schon wieder der Kamm und so entschied er sich zurückzuschreiben. „Hallo Sandra, das geht so nicht, bleib in der WG und hol morgen Dein Zeug und wirf mir den Schlüssel in den Briefkasten!" Es dauerte nicht lange da kam schon die Antwort: „Schade, bist halt nur ein blöder Spießer und ne andere hast ja auch schon, adieu."
Michi war traurig und gleichzeitig richtig sauer. Scheinbar hatte Sandra nie vor, eine ernsthafte Beziehung mit ihm einzugehen, sonst hätte sie ihn ernster genommen. Er entschied sich, zu Jenny in die Kneipe zu gehen, um zu sehen wir die Wetterlage wohl dort wäre.
Als er sich an die Bar stellte, kam ihm eine nicht ganz unbekannte Dame entgegen. „Ah, der Herr Polizist lässt sich wirklich wieder blicken." „Mei Jenny, sorry aber." „Und kommt Deine Freundin auch?" „Nein, die kommt nie mehr und deswegen bin ich auch hier." Jenny drehte sich um und zapfte ein Bier. Das stellte sie Michi hin. „Ich hab um elf Schluß, wart auf mich", sagte sie zu ihm und warf ihm einen Kuß zu. Was Michi bei der ganzen Sache nicht bedacht hatte, war offensichtlich, dass er lediglich ihrem Charme und ihren erotischen Attributen verfallen war. Dennoch schien es so, dass sich zwischen den beiden etwas Besonderes entwickeln sollte und Studentenparties passten nunmal nicht zu ehrlicher Arbeit und Karriere als Polizeibeamter. Krocket würde zu ihm sagen: „Scheißegal, backs zam und wenns Di nervt dann hausdas weida!" und so wollte sich Michi diesmal auch verhalten. Um kurz vor elf winkte Jenny ihm noch einmal zu, bevor sie den letzten Gast abkassierte und sich dann umzog. „So jetza, wo gehen wir hin

Michi?" „Magst bei mir übernachten?" „So, heißt das jetzt, ja will ich und nicht nur das." Während sie das sagte, griff sie ihm in den Schritt. Michi konnte es kaum erwarten, ihre dicken Dinger endlich wieder zu massieren.

„Der wird ja schon ganz hart. Wir müssen aber kurz bei mir vorbei, ich brauch noch ein paar Schlafutensilien, aber ich wohn gleich da vorne ums Eck, nicht weit von Dir." Sie gingen schnell bei Jennys Wohnung vorbei und sie packte so Dies und Das ein. Michi begann zu drängeln. „Jenny, jetzt beeil Dich." „Wist es woho noch dawarten können", rief sie ihm nur zu und ein paar Minuten später waren sie auf dem Weg zu Michis Wohnung. Sie waren kaum zur Tür rein, da riss er ihr die Klamotten vom Leib.

Und dann schien ihm die Freude ins Gesicht geschrieben. Jenny hatte nur noch einen kleinen String und ein durchsichtiges Mieder an. Als er versuchte, auch dies zu öffnen, drückte ihm Jenny eine kleine Schnur am oberen Ende des Mieders in die Hand und sagte: „Zieh da dran." Michi tat das und das Paradies öffnete sich. Er schwang Jenny auf seine muskulösen Arme und trug sie ins Schlafzimmer. Dort warf er sie aufs Bett und zog sich aus.

Als er zu ihr kletterte, begann er gleich damit, sein bestes Stück in den weichen großen Wunderkugeln verschwinden zu lassen. Jenny begann zu stöhnen. „Ah das liebe ich, mach weiter, aber bitte verschwend' diesmal nicht alles, ich will noch mehr." „Ich halts kaum aus Jenny, das ist so geil." „Dann leg Dich hin." Michi tat, was ihm befohlen wurde und Jenny nahm wieder ihre Brüste in die Hand und liess Michis Luststab darin verschwinden.

Gleichzeitig nahm sie ihn immer wieder in den Mund, als er aus dem Gipfel der Berge hinaus schaute. Dann kam er und Jenny genoss es, seine Frucht zu spüren und ihn dabei mit ihrer Zunge zu umspielen. Dann legte sie sich hin und machte ihre Beine ganz breit. Langsam begann sie an sich zu spielen und zeigte Michi was sie sich nun wünschte. Er schaute ihr eine Weile zu, dass erregte ihn erneut derart, dass er nun mit ihr schlief. Dabei verwöhnten sie sich weiter und kurz drauf kamen beide mit einem lauten Schrei. Völlig erschöpft legte er sich neben sie und sie nahm seine Hand. Als sie sich nochmal zu ihm rumdrehte, bemerkte sie, dass Michi gleich eingeschlafen war und so genoss sie noch eine Zeit lang seine Nähe und verschwand dann auch bei den Engeln.

Mittwoch, 1.9., 7.00 Uhr

Am nächsten Morgen wachte Elvira glücklich auf und schaute ihren Liebsten an. Mit einem Kuß auf die Stirn weckte sie ihn. „Guten Morgen, Julius." „Gu Moing Spotzerl." „Julius, soll ich mich heute mal erkundigen, was wir so alles zum Heiraten brauchen? Jetzt kannst Du noch zurück, später nicht mehr."

„Ja dua des und zamziang soittma dann a a moi moanst neda?" „Das hab ich mir auch schon gedacht, scheinen wir vollkommen vergessen zu haben. Aber wenn Du willst, dann kannst Du zu mir ziehen. Die Wohnung gehört mir. Wir richten alles neu ein und genug Platz ist auf jeden Fall. Ich freu mich so." Nachdem sie noch einen Kaffee zusammen tranken, fuhr Krocket ins Büro.

Im Keller des Hochhauses stand der Weißwurstkiller vor den Bildern seiner Opfer. Stöhnend sagte er: „Ich werde Euch Luder alle zur Strecke bringen, nie mehr sollt ihr Eure Männer betrügen und Euren Lastern nachgehen" Dabei klebte er ein neues Bild an die Wand, es sollte wohl sein nächstes Opfer sein.

Mittlerweile hatten sich die drei Beamten im Büro eingefunden und berieten was sie tun wollten. Krocket schlug vor, mit dem Gigolo-Service Kontakt aufzunehmen. Michi schwang sich gleich ans Telefon und tatsächlich, die Opfer hatten sich alle von einem Callboy verwöhnen lassen. Er berichtete alles seinen Kollegen. „So und jetza?", fragte Steini.

Krocket versuchte die Ergebnisse zusammenzufassen: „Olle di Weiba hamd si nochm Frisör vo so am Burschn vögln lossn und i glab unser Psycho hod do irgendwos dageng, aber wos und wie findman blos." „Außerdem soittatma mid da Sitte die Gschicht mit dem Filou klären, i glab do is no mehra im Busch als mir denkt ham." „Guad Steini, dann gäh Du a moi zu Sitte und besprich den Zugriff und i fahr midm Michi zu dem Büro vo dera Gigolovermittlung." Sie trennten sich und machten sich auf, ihre Ermittlungen fortzusetzen.

10.30 Uhr

An der Tür von Hauptkommisar Schmeichelhuber klopfte es. „Herein." „Servus Fritz." „Ah, der Herr Steininger, traust Di a Moi her." „ Du Fritz, boss auf i hob Dir doch vo dem Filou erzählt und mir sand uns sicher, dass mir den Burschn der den Krocket überfoin hod dortn finden. Da steckt aber no mehra dahinta und es is a Eier Metier." „Mei Steini, mir hamd des Filou scho lang im Verdacht, das dortn a Umschlogblotz fir Zwangsprostituierte is." Steini gab ihm das Bild mit den Verdächtigen und schlug vor, das Filou observieren zu lassen. Sein Kollege von der Sitte willigte ein. Kurz drauf machten sich mehrere Beamte in Zivil auf, um das Filou zu überwachen. „Sogst aber Bscheid, wenns wos hobts, i moan da Krocket wui gwiss dabei sei, wenn zuaschlogts." „Ok machma, i mäid mi wenn i wos woas."
Krocket und Michi waren zwischenzeitlich im Büro der Callboyvermittlung angekommen. Die Inhaberin begrüßte sie freundlich. „So meine Herren, das ist

mein Reich." „Können Sie uns eine Liste ihrer Mitarbeiter und der Dates, die sie hatten geben?", fragte Michi. „Eine Liste meiner Hengste kann ich Ihnen geben, der Rest ist Betriebsgeheimnis, das verstehen Sie hoffentlich." „Nein, das verstehen wir nicht und solche Geheimnisse gibt es auch nicht. Wenn Sie nicht wollen, dass die Gewerbeaufsicht bei Ihnen auftaucht, dann kooperieren sie gefälligst."
Wenig begeistert begann die Zuhälterin ihre Unterlagen zu durchforsten und zeigte den Beamten die Bilder ihrer Mitarbeiter und den Einsatzplan. Nachdem die zwei einige Zeit über den Unterlagen gebrütet hatten, fiel Krocket auf, dass bei einem der männlichen Nutten keine Dates mehr im Kalender standen und zeigte der Zuhälterin sein Bild.

„Warum arbeitet der nicht mehr für Sie?" „Der musste aufhören, hatte sich mit HIV infiziert. So einen kann ich natürlich nicht mehr losschicken."

„Verwenden die Männer keine Kondome?" „Wissen Sie, was meine Mitarbeiter mit den Damen im Bett treiben, geht mich nichts an. Das ist das Intimverhältnis zwischen den Kundinnen und dem jeweiligen Herrn." „Haben Sie vielleicht eine Adresse von dem... wie heißt der... Mister Vulkano?"

„Nein, eine Adresse habe ich in der Regel nicht. Ist alles auf freiberuflicher Basis, ich bekomme lediglich eine Vermittlungsgebühr."

„Wissen sie denn etwas über den Mann?" „Nicht viel, er hat erzählt er wäre in Afghanistan gewesen und hätte eine Zeit lang als Koch gearbeitet."

„Strike", sagte Michi. „Da haben wir unseren Soldaten." „Wir sollten herausfinden, welche der Frauen noch lebt und mit ihnen sprechen", sagte Krocket.

Er nahm sich den Kalender und schrieb die Namen und Treffpunkte auf. Dann nahmen sie das Bild an sich und bedankten sich für die Unterstützung. Dann verließen sie das Büro in Nymphenburg und fuhren wieder ins Präsidium, wo Steini bereits auf sie wartete.
„Und hobts wos rausgfundn?"
„Stäi Da vor mir hamma vielleicht a Motiv. Da hods an Gigolo gebm, der war Soldat und hod wega HIV aufhärn miassn."
„Aber dann bringt ma doch ned olle Weiba um, sondern nur die die oan ogsteckt hod, oda?" „Lass uns des mid da Elvira klärn, vielleicht konn die ihr Profil verfoiständign." Krocket griff zum Telefon. „Servus Spotzerl, Du kim a moi zu uns, mia mias a a bisserl wos klärn."
Kurz darauf öffnete sich die Tür und Krockets Zukünftige betrat den Raum. „Servus Jungs."
„Servus Spotzerl." Sie erklärten ihr die Sachlage und die Psychologin begann sich einige Stichpunkte zu notieren. „Also, ich glaube er projeziert seine Infektion mit HIV auf alle Frauen, die sich eines Gigolos bedienen. Er ist scheinbar davon besessen, es ihnen heimzuzahlen."
„Aber warum dann das mit dem Herz und dem Weißbier und den Weißwürsten?", fragte Michi.
„Vielleicht war das ja seine Masche, sich mit den Frauen auf eine Brotzeit zu treffen und das macht er quasi weiter." „Wir haben noch die anderen Frauen, mit denen er sich getroffen hat. Wir müssen unbedingt herausfinden, welche noch lebt und sie bewachen lassen", merkte Michi an.

„Naja, drei kemma ja, aber da warer jo scho." „Mit denen sollten wir trotzdem nochmal sprechen. Vielleicht können die uns ja mehr über den Mann sagen."
„Oiso i fahr ned zu dera Worthgeber, des kennts vergässn und zu dera Französin fahr i a nimma", raunzte Krocket. „Mei, dann fahr Du doch zu dem Frisör und gleich die Daten mid dem seim Kalender ob, dann miassadma doch die Nom vo di andern Frauan kriang oder?" „Zi Fix Steini, bist a Hund."

14.00 Uhr

Elvira machte sich wieder auf den Weg in ihr Büro. Steini und Michi fuhren nach Grünwald und Krocket lies den Charger in die Maximilianstraße blubbern.
Im anderen Wagen unterhielten sich Steini und Michi.
„Sag mal, warum will der Krocket nicht zu der Worthgeber?" „Warum wohl?" „Nein, hat der die gepoppt?"
„Kennstm ihn doch, wos ned bei drei aufm Bam is werd flachglegt und die Oide war a scharf auf eam."
„Was hat der eigentlich, dass die Weiba so auf ihn abfahren." „I woas a neda, scheinbar hoda so a Ausstrahlung und wirkt bsonders männlich." Michi musste lachen.
„Und wos is mid Deina Sandra? Hobts Eich wieder verdrong?"
„Nein, mir hats gereicht. Ausserdem ist die Jenny so geil." „Wos fira Jenny?" Michi erzählte Steini die ganze Geschichte. „Na Du brauchst aber gar ned übern Krocket redn." „Wieso, aber so bin ich nun auch nicht." „Mei, a bisserl mehra Verständnis hädst fiad Sandra schom hom kenna."

„Sie hat ja für mich auch keins gehabt, scheiß Studiparties, ich habs nicht mehr hören können. Meinst Du beim Krocket und der Elvira ist wieder alles ok?" „I glab scho, die hodn irgendwia im Griff."
„Aber schön ist die nicht und so was Pummeliges würde mir nicht gefallen." „Wo dLiab hifoid." Als sie am Haus Worthgeber ankamen, läuteten sie am Tor und es wurde geöffnet. Sie fuhren vor das Haus und Frau Worthgeber erwartete sie bereits. „Grüß Gott Frau Worthgeber", sagte Steini, als er ausgestiegen war. „Ah, die Herren von der Polizei, wo haben Sie denn den Herrn Krockberger gelassen?"
„Der ist verhindert", anwortete Steini. „Kommen Sie herein." Im Wohnzimmer setzten sich alle und Michi stellte die erste Frage: „Sagen Sie, wissen Sie vielleicht ob bei Ihrem Frsör mehr Service als üblich angeboten wird?" „Ich verstehe die Frage nicht, Frisör ist wohl Frisör, oder?" „Was mein junger Kollege meint, ist, ob Sie vielleicht nach dem Frsör noch eine persönliche Behandlung bekommen haben?"
„Was meinen Sie mit persönlich?" Sie begann unruhig auf dem Polster herumzurutschen. „Wenn Sie uns nicht verstehen wollen, dann frag ich Sie mal ganz direkt. Haben Sie sich nach dem Frisör vielleicht noch mit anderen Männern getroffen?", fragte Michi. „Gott bewahre, ich bin eine verheiratete Frau." Steini hielt ihr das Bild von Mister Vulkano unter die Nase.
„Wer soll das sein?" Michi erkannte an ihren Regungen, dass sie den Mann kannte. „Das ist der Mann, der sich mit Ihnen getroffen hat, um mit Ihnen zu schlafen, richtig?"
„Hören Sie, ich bin verheiratet, es ist mir etwas unangenehm." Steini erhöhte den Druck. „Jetzt sagen Sie schon, wir müssen den Mann finden, er hat wahr-

scheinlich die anderen Frauen auf dem Gewissen und wird nicht aufhören zu morden. Wenn Sie etwas wissen und es und nicht sagen, können wir Sie wegen Mitwisserschaft belangen, haben Sie das verstanden."
„Ja, wenn Sie es doch eh schon wissen, dann brauchen Sie mich nicht so anzuschreien. Ja, ich habe mich mit dem Mann mehrfach getroffen. Charlie hat ihn mir vermittelt und ich schäme mich überhaupt nicht dafür, es war wunderbar."
„Wo haben Sie sich mit ihm getroffen?" „Meistens beim Stanglwirt am Platzl. Er hat dann immer Weißwürste bestellt und Bier getrunken." „Steini, jetzt wird ein Schuh draus", sagte Michi. „Und weiter, was war dann?" Danach sind wir in den Kulmbacher Hof, wo er ein Zimmer für uns reserviert hatte und dann haben wir es zwei Stunden miteinander getrieben."
„Ohne Kondom?", fragte Steini. „Niemals, Gott bewahre, mit so einem doch nicht." „Dann haben Sie ja Glück gehabt, er ist nämlich mit HIV infiziert."

„Oh mein Gott, zum Glück hat er mich nicht angesteckt, ich hab erst vor zwei Monaten einen Test machen lassen." „Hat er mal irgendetwas erzählt wo er wohnt und was er so macht?", fragte Michi. „Nein, wir haben nur Sex gehabt und darin war er wirklich gut." „Na schön, dann wollen wir es dabei belassen" beendete Steini das Gespräch.
Die zwei ließen Frau Worthgeber wieder alleine und machten sich auf den Weg zurück. „Stell Dir vor was der Krocket sich hätte holen können, wenn die auch infiziert wäre."
„Mei do ward a aber säiba schuid. Er muasn jo ned überoll neistegga, oder?" Mich grinste: „Aber einen geilen Arsch hat die Alte schon und hübsch gemachte

Titten auch." „Stimd, aber des is koa Grund glei auf die loszumgeh, oder?"

Nachdem sie wieder vom Grundstück fuhren, beschlossen sie die anderen Frauen nicht mehr zu verhören, da sie davon ausgehen mussten, dass die Treffen ähnlich abliefen, was sich später als Fehler herausstellen sollte.
Krocket sprach derweil mit dem Frisör, der nicht begeistert war, seine Kundinnen zu brüskieren. „Aber Herr Kommissar, das ist doch nicht wichtig."
„Jetzt geben Sie mir schon Ihren Terminkalender, oder muss ich erst böse werden?" Krocket machte eine bedrohende Pose. „Sie sind ja brutal, also nehmen Sie schon den Kalender." Krocket sah die passenden Termine durch und konnte tatsächlich drei Namen zuordnen. Er notierte sich Helmberger, von Sunderberg und Amstermann und schrieb die Telefonnummern daneben.
„So Meister, jetzt kümmern Sie sich mal wieder um die Frauen, ich mach mich auf den Weg." „Hoffentlich nicht bis zum nächsten Mal, Herr Kommissar."
Krocket verließ den Laden wieder und setzte sich in seinen Wagen, als ihm auffiel wie an der nächsten Ecke ein Mann, auf den die Beschreibung des Täters passte, offensichtlich den Frisörladen beobachtete.
Unauffällig startete er seinen Wagen und fuhr auf den Mann zu. Kurz vor ihm bremste er und sprang hinaus. Der Mann bemerkte ihn und lief davon. Krocket folgte ihm und ließ den Charger mit offener Türe auf dem Gehsteig zurück. 100 Meter weiter hatte er ihn schon fast, da sprang der Verfolgte auf die Straße und konnte gerade noch einem entgegenkommenden Fahrzeug

ausweichen. Krocket war zu spät und musste warten, bis die Straße wieder frei war.

Er sah noch, wie der Mann in der Tiefgarage der Oper verschwand und folgte ihm weiter. In der Dunkelheit der Tiefgarage verlor er ihn. „Scheiße, so nah dran, zi fix." Ausser Atem ging er zurück zu seinem Wagen und fuhr dann ins Präsidium.

15.45 Uhr

In ihrem Büro besprachen die drei Beamten nun ihre Erkenntnisse. „Michi, ruaf die drei Frauan o und find da Adress aussa, dann schickst sofort a Streifn hi, die soin aufbassn." „Ok, mach ich und Krocket, die Worthgeber ist echt scharf." Krocket schaute verwundert. „Steini, wos hostn Du am Michi verzäid?"
Nix, wos soi i scho verzäid ham?"
Er musste grinsen. Michis Handy klingelte.
„Hi Michi, ich bins Jenny." „Hi Jenny, na was treibst Du?"
„Ich bin in der Kneipe und es ist noch nix los. Sehen wir uns heute Abend? Ich bin schon wieder so geil auf Dich?" Michi wurde rot und er flüsterte nur noch. „Klar, das lass ich mir doch nicht entgehen, die geilen Dinger." „Wos fia geile Dinger?", rief Krocket.
Michi deckte das Mikro des Handys schnell mit seiner Hand ab. „Garnix, geht Dich wohl nichts an." Krocket drehte sich zu Steini um: „Hoda wos neis am Start?" „Jo mid da Sandra, des is nix und die Neie hod eam richtig odua." „Si jung wira is, soi a si a erscht a moi gscheid ausvögeln." „Mei Krocket, Du und Deine Weisheiten."

Michi hatte derweil die erste Frau auf Krockets Liste am Telefon. „Verstehen Sie mich nicht, Sie sind in Gefahr, jetzt stellen Sie sich doch nicht so dumm."
Nach langem hin und her gab die Frau endlich zu, auch vom Dienste der Gigolos Gebrauch gemacht zu haben und versprach vorsichtig zu sein. Nach einer Stunde hatte Michi alle Frauen informiert und kam mit den Adressen zurück. „So, alle sind informiert, die Streifen fahren vor die Häuser." „Guad Michi." Krocket malte die Punkte in ihre Karte und das Herz schloss sich weiter.

17.30 Uhr

In Grünwald im Haus de Chamrie saß die schöne reiche Frau in ihrem Wohnzimmer und genoß ein Glas Champagner, als es klingelte. Sie hatte dem Personal freigegeben und ging selbst zur Tür. „Ahhh, mein starker Mann", sagte sie nur und öffnete. Vor ihr stand der Psycho. Er hatte sich noch einmal für ein Date rausgeputzt: Designeranzug, weißes Hemd, schwarze Lackschuhe und seine Haare hatte er mit Gel zurückgelegt. Sein Gesicht zierte eine Pilotenbrille mit goldenem Rahmen.

„Schön, dass Du Dich nochmal gemeldet hast, ich hab Dich schon vermisst, komm rein." Der Killer folgte ihr und sagte leise: „Hmmm riechst Du gut, ich will Dich gleich." Sie fackelten nicht lange und gingen ins Schlafzimmer.
Voller Erwartung begann sie ihn auszuziehen und versuchte, ihre gekaufte Liebe einsatzbereit zu machen. Immer wilder verwöhnte sie den Gigolo, der vor der Bettkannte stand, wo sie saß und seine Hüften in Höhe ihres Kopfes hatte.

Einige Zeit drauf erschien ihr die Größe und Härte ausreichend und sie legte sich aufs Bett. Der Killer bestieg sie.

Nachdem er fetrtig war, sagte er: „Ich hab uns etwas mitgebracht, magst Du sowas mal probieren?" „Was, das mit der Tüte?" „Ja, wenn Du keine Luft mehr bekommst, ist Dein Orgasmus noch geiler." Sie ließ sich die Tüte über den Kopf ziehen und er begann sie mit seinen Fingern zu verwöhnen.

Kurz bevor sie kam brach er ihr dann das Genick.

Sie war sofort tot.

„Jetzt hab ich Dich, Du Schlampe." Er holte ein Messer heraus und schnitt ihr die Klitoris ab. Die legte er neben sie auf das Bett.

Nachdem er sich wieder angezogen hatte, suchte er einen Lippenstift, der ihm auf dem Schminktisch in die Hände fiel. Ohne ein weiteres Wort holte er seine Tasche, die er vor dem Haus gelassen hatte und ging in die Küche, wo er die Weißwurst warm machte und sein Weißbier genoss.

Dann nahm er den Lippenstift, den er aus dem Schlafzimmer mitgenommen hatte und malte das Herz auf die Küchenplatte und platzierte das Stilleben. Dann verließ er unauffällig und ohne das die Streife es merkte das Haus.

19.00 Uhr

Steinis Handy klingelte. „Steininger." „Do is da Fritz, mir hamma wos interessants, kemmts zum Filou und alarmierts das SEK bitte." „Krocket, es gäd los, Zugriff am Filou, Michi, sog am SEK Bescheid bitte. Kein Blaulicht im Umkreis von 200 Metern, klar?" Der Einsatz begann und der Konvoy bewegte sich Richtung Filou.

Kurz vor dem Eintreffen schalteten alle Einsatzwagen die Sirenen und das Blaulicht aus. Kurz vor den anvisierten Standplätzen dann auch das Abblendlicht.

Die Funkgeräte dienten zur Abstimmung des Einsatzes. „Isar12 Control an alle, warten auf mein Kommando, kein Zugriff, ich wiederhole, kein Zugriff" „Isar 22/8 verstanden" „Isar 22/9 verstanden."

Die drei Mordermittler saßen in Krockets Wagen und beobachteten das Geschehen.

„Wia i des dick hob, die Warterei[19]. I find des is des Schlimmste an dem ganzen Job." „Mei, aber da host a a wengerl Zeid zum Nochdenga." „Genau, und man kann in die Nacht hinausschauen und die Sterne sehen", sagte Michi. „Jetzt wennst ned glei die Bappm hoidsd, sägst wirkli Stärn, des sog i da." „Jetzta Krocket, was bistn so?", fragte ihn Steini. „Weil die ganze Wäid a kriminelle Vereinigung is. Stäi Da des vor, vor unseri Aung werdn do Madl zur Prostitution zwunga, des lost unser Gsäischaft immer no zua!" „Ja, aber heid wärma woi scho oam as Handwerk leng", versuchte Steini, ihn zu beruhigen.

„Ja Heid, aber was is moing? Wia schlächt muas eigentli ois wärn, bevor ebbs bassiert. I moan es hoast

---

[19] Ich hasse es zu warten

immer mir in Bayern sand a Boloizeistaat, aber den brachatma ja gega die ganzn Deppn, oder?"
„Du konnst ned Oisse überwachn und gega Oisse kämpfa[20]. Des gäd numoi ned. Und so machma mir unsa Arbat Dog fia Dog und fertig. Und jetzt gibst a Ruah." Krocket steckte sich eine Zigarette an. „Pfui Deifi, des stinkt jo, moch des aus. „Na, des is stiller Protest und Fensta bleibm zua." Krocket grinste. Michis Handy vibrierte. Er hatte eine SMS von Jenny bekommen. „Hi mein geiler Hengst, willst Du heute wieder an die Futterkrippe?"
Michi schrieb zurück: „Sind im Puff im Einsatz, wird später." Als er den Text abgeschickt hatte wurde ihm klar, dass er sich wohl missverständlich ausgedrückt hatte und prompt rief Jenny an, die konnte er nun aber nur wegdrücken, was ihren Eindruck natürlich noch mehr erhärten liess. Gleich schrieb er noch eine SMS hinterher. „Wir observieren den Puff wegen Menschenhändlern."

Die Antwort, die er bekam, beruhigte ihn wieder.
„Isar 12 Control an alle, es rührt sich was, noch kein Zugriff: „Die Türe des Filou öffnete sich und zwei dunkle Gestalten kamen hinaus. Die eine kannte Krocket vom Foto. Als er aussteigen wollte, muste Steini ihn zurückhalten. „Bleib do, Du host as doch ghärt, koa Zugriff." Er musste ihn festhalten, sonst wäre sein stürmischer Kollege mal wieder alleine los.
Die zwei Männer stiegen in ihren Wagen. „Isar 12 Control an Isar 22/8, bitte folgen Sie dem Fahrzeug."
„Isar 22/8, verstanden."

---

[20] Du kannst nicht alles überwachen und gegen alles kämpfen

Zwei Kollegen aus dem Observationsteam folgten den Menschenhändlern und auch Krocket startete seinen Wagen: „Du i glab mir fahrma a a moi hintnochi, sonst sans ebba wegga?" „Na, mir bleibm ma do, wärst das scho no dawartn kenna."
Einige Minuten vergingen, da kamen die Verdächtigen wieder zurück. Hinter ihnen ein weißer Lieferwagen mit ungarischem Kennzeichen.
Die Fahrzeuge hielten an und einer der beiden Männde und der Fahrer des Lieferwagens stiegen aus und gingen hinter den Lieferwagen, um dessen Türen zu öffnen. Aus dem Lieferwagen funkelten viele Augen. Mit einem kurzen Kommando wurden die Mädchen aufgefordert, den Lieferwagen zu verlassen. Eine nach der anderen stieg aus und dann kam das Kommando. „Zugriff." Krocket sprang als erster aus dem Wagen und zog seine Waffe. Überall hörte man nur noch Polizei, ‚keine Bewegung!'.
Als Krocket auf den Lieferwagen zustürmte, entdeckte ihn der ihnen bekannte Verdächtigte und begann, auf Krocket zu schießen. Krocket rollte sich geschickt auf der Straße zur Seite und schoß ihm in den Oberarm, dann lief er weiter auf den Lieferwagen zu, wo der andere Mann bereits seine Hände in die Höhe hob. Natürlich packte Krocket den Angeschossenen an dem Arm, an dem er ihm einen glatten Durchschuss verpasst hatte.
„Los aufsteh." „Ahhhhh", schrie der andere, „das tut sauweh." Krocket drückte nochmals fester zu und legte ihm dann Handschellen an. Zeitgleich wurde der Boss der Bande aus dem Filou abgeführt.
Krocket übergab seine Beute an die Kollegen. „So, jetzta ghärda Eich." „Merci Krocket, mia machm dann

den Rest." Die Sitte übernahm und der Einsatz wurde beendet.

21.45 Uhr

Als Steini und Michi zu Krocket zurückkamen wunderten sie sich mal wieder.
Krocket lehnte mit Händen in den Hosentaschen auf seinem Wagen und zog an einer Zigarette. „Hostas wieda aloa macha miasn, ha? Wartn auf Deckung und so kennst Du neda, gäi?" Steini war ziemlich sauer. „Hod doch basst, der Arsch sitzt fest, jetza reg Di ned auf, mia kaffma uns no a Hoibe und feimma den Erfolg, ok?"
„Wennst moanst, dann machma hoid des. Aber irgendwann wärd Dir Dei Art zum Verhängnis, glab ma des?" Steini war immer noch ziemlich beunruhigt, als Michi sich zu Wort meldete: „Jungs, ich kann leider nicht." „Is scho klar, auf die wartn BMWs?"
„Bitte was sind BMWs?" „Na, bayrische Muichwerke[21]" Steini und Krocket lachten.

Nachdem Steini Rita Bescheid gegeben hatte, dass er heute spät heimkommen würde, lieferten sie Michi am Präsidium ab und machten sich auf den Weg zu Briggs. Die begrüsste die beiden wie immer freundlich. „Servus, die Hernn, a Bier?" „Freili und a boa Fleischpflanzerl, grias di Briggs", rief ihr Krocket zu. Sie setzten sich an die Theke und warteten auf ihre Bestellung. Krockets Handy klingelte:

---

[21] Sehr große Naturbrüste einer bayrisch stämmigen Einwohnerin.

„Hallo Julius." „Servus Spotzerl, was gibt's?"
„Kommst Du heute noch zu mir?"
„Na i bin bei da Briggs und danoch muas i a moi wieder in mei Wohnung, ned bäs sei, gäi?"
„Nein, bin ich nicht. Wollte nur hören, wo Du steckst und ob es Dir gut geht." „Ois ok und den Foi mit di Schleppa hamma heid erledigt."
„Super das freut mich, also Dir noch einen schönen Abend." „Dir a, Spotzerl." Briggs brachte Bier und Brotzeit. Steini nahm das Glas und prostete Krocket zu. „Oiso Prost auf unsern Foi." „Prost." Die Gläser klirrten und beide setzten zum großen Schluck an. „Mei, is des guad", sagte Steini.
„Was machma mir jetza eigentlich mid unserm Psycho. I moan da brauchma dringend Ergebnisse, sonst wird des nix mehr und der Schmitz schickt uns des bläde LKA", mutmaßte Krocket.
„Du host ja recht, aber auf Anhieb foid ma a nix mehr ei, mir hamma oisi checked wos zum checkn do war und ois ohne Ergebnis. Die potentiellen Opfer werdn überwocht und mehra kemma doch grod ned mocha, oder?" „Hod eigentlich die Überprüfung vo dera Handynummer vom Gigolo wos ergebm?", fragte Krocket. „Zi fix, da hod da Michi garnixi verzäid, der hod nur die Dittn im Kopf." Steini nahm sein Handy heraus und rief Michi an.
„Servus Michi, host Du egentlich wos über die Handynummer vo unserm Gigolo rausgfundn?" „Äh ja, das wollte ich Euch noch sagen. Ist eine Prepaid-Nummer aus Singapur. Die kann man nicht nachverfolgen und eine Identifikation gibt es nicht."
„Ok merci, aber as näxte moi sogstas glei, ok?" „Ja ok, sorry." Steini legte auf. „Prepaid-Handy aus Singapur, no chance."

„Scheiße, dann steh ma echt am Anfang." „Jetzta so a moi Krocket, wia lafftsn mid da Elvira?"
„Ja mei, guad eigentlich." „Hobts Eich ebba wieder verdrong?" „Ned nur des." „Wosn no?"
„Woast sie hod ma vorgwurfa i soi endlich erwachsn werdn." „Da hods ja woi Recht, oder?" „Jo scho und dann hob i", Krocket druckste rum.
„Wos host?" „Dann hob is gfrogts, ob mi heirodn wui?" Steini verlor kurz den Halt. „Wos, ja spinnst Du, sie hod ja woi na gsogt, oder?" „Na, sie hod ja gsogt." „Und jetza, des wird doch nix." „I häd gmoant sie sogt na, aber des hod ned glappt, jetza ziang ma zam und dann schug i a moi weida." „Na, do bin i ja gspannt, was des werd."
Sie tranken noch das ein oder andere Bier und um halb 12h verabschiedete sich Steini gen Heimat. „Oiso Briggs, Pfiadde und mir seng uns moing im Büro." „Ois kloar bis moing" Steini ging hinaus und winkte ein Taxi her von dem er sich nach Hause bringen liess.

Donnerstag, 2.9., 0.10 Uhr

Wie immer trieb Krocket nichts nach Hause und er begann wie immer sinnlos in sich hineinzutrinken. Irgendwann war der letzte Gast weg und er unterhielt sich noch ein wenig mit Briggs. „So Krocket, wia gäds da denn?" „Basst scho Briggs." „Und wos mocht d´liab?" „Mei so dies und das, nix Bsonders." Er hatte keine Lust Briggs die Geschichte mit Elvira zu erzählen. „Und bei Dir?"
„Mei nix aufregends, eigentlich gar nix." „Mei, des duad ma so leid, wosd so a sches Weibaleid waradsd.[22] Vielleicht stäi i Dir a moi unsern Ratzi vor der dad zu Dir bassn." „Wer is des?" „Des is da Doc vo da Grichtsmedizin." „Aha, a Doc der an Doude rummacht, i woas neda." „Du jetza schaugst a moi, ich schick da den a moi vorbei und sog eam, dass Du a so a einsames Herz bist.[23]" „Wennst moanst." „So jetzt losst mi zoin i glab i muas hoam, sonst kim i moing gar ned ausm Bett." „Macht 32,80€." Krocket gab ihr 40€ und ging nach Hause. Dort angekommen holte er noch seine Post aus dem Briefkasten, der mittlerweile überquoll. Auf dem Weg nach oben sortierte er schon einmal die Briefe und der letzte, der hatte keinen Absender. „Holla, wos isn des?"
In der Wohnung legte er alles auf den Tisch und öffnete das Kuvert. Darin war ein Brief des Brotzeit-Killers und auf dem stand:

---

[22] Das tut mir wirklich sehr leid. Du wärst so eine hübsche Frau
[23] Schau ihn Dir einfach mal an. Ich schick ihn Dir vorbei und sag ihm, dass Du auch so ein einsames Herz bist.

„Zwei Weißbier und a Wurst dazu macht den Bogen vom Herzen zu." Krocket konnte nichts mit der Nachricht anfangen. Und es war ihm auch nicht mehr danach, heute noch in seinem Vollrausch die Kollegen aus dem Bett zu werfen.
Es war einfach alles zu unkonkret, dass er hätte etwas damit anfangen können. Krocket ging ins Bett.

8.30 Uhr

Sein Handy klingelte ihn aus dem Tiefschlaf. „Zifix koan Wecker gstäid. Ja Krockberger." „Hier ist Schmitz, es gibt eine weitere Tote. De Chamrie in Grünwald. Krocket legte auf und sprang wie vom Blitz getroffen in seine Klamotten, dann hetzte er aus dem Haus und fuhr zu der ihm bereits bekannten Adresse. Dort traf er auch Steini und Michi, die ebenfalls von Kriminalrat Schmitz informiert wurden.
„I kand mi so in Arsch beissn", sagte Steini. „Warum?", fragte ihn Krocket. Weil mir heid do warn und ned neiganga sand, weil ma denkt ham, sie sogt eh ned mehra als sie andern." „Des konnst doch so ned song. Es war a Straifn vorm Haus und die hamm ja offensichtlich a nix gmerkt. I hob an Briaf vo dem Psycho kriagt." Beim Hineingehen zeigte Krocket Michi und Steini den Brief. „Zwei Weißbier und a Wurst dazu macht den Bong vom Herzen zu." „Was soll denn das heissen", fragte Michi. „I kon ma a koan Reim draus macha", sagte Steini.
„Na dann samma jo scho zdritt",
frotzelte Krocket. Im Haus bot sich das gleiche Bild wie immer, nur mit einem Unterschied, den sollten die Beamten erst im Schlafzimmer feststellen. Ratzi untersuchte bereits die Leiche.

„Moing. Schaugtes Eich ned so genau o, sowos hob i säiba no ned gseng." Michi musste sich nach dem ersten Blick sofort übergeben und Steini fragte: „Wos isn des?"

„Der Täta hod der Frau ihr Klitoris obschnidn nachdem er ihr as Gnack brocha hod und woi vorher versuacht hod sie mit dera Ditn zum dasticka.[24] Achso nowos is auffällig, sie hod vor ihrm Doud no Verkehr ghobt", klärte der Doc sie auf. „Komisch des hamma doch bisher no nia ghobt", sagte Steini. Michi kam zurück und entdeckte das Handy der Toten auf dem Nachttisch. Er tat es in eine kleine Beweistüte und drückte die Taste für die Wahlwiderholung. „Da schau her, die Nummer kenn ich doch. Kollegen die hat mit dem Gigolo telefoniert." „Na echt, zoag?", sagte Krocket. Michi gab ihm das Handy. „Dann is der ja vielleicht garned eibrocha, sondern sie hadn einilossn. Des hod koana wissen kenna." „Oiso Doc, wia imma gäi." „Ja, mehra noch da Obduktion."
Als die Kollegen hinausgingen, drehte sich Krocket noch einmal um und ging zum Doc. Er flüsterte ihm ins Ohr: „Schaug a moi in Briggs Kneipn an da Dacher vorbei, i glab die dad guad zu Dir bassn." Dann drehte er sich wieder weg und lief seinen Kollegen hinterher. Der Doc schaute etwas verwirrt und musste Krockets Worte erst noch sortieren.

---

[24] Der Täter hat der Frau die Klitoris abgeschnitten nachdem er ihr das Genick gebrochen hat. Zuvor hat er wohl versucht sie mit dieser Tüte zu ersticken.

10.15 Uhr

Zurück im Büro, versuchten sie die neuen Erkenntnisse zu sortieren. Der Brief des Killers wollte Krocket nicht aus dem Kopf gehen. Er stand vor der Metawand und blickte gespannt auf die Bilder und dann auf das halbe rote Herz, was er auf die Karte von Grünwald gemalt hatte. Michi stellte sich zu ihm und nahm den Brief. „Ich weiß was das ist, das war eine Angabe, wo er als nächstes zuschlagen wird. Schau: *„Zwei Weißbier und a Wurst dazu, macht den Bogen vom Herzen zu."* Des is der Bogen von dem Herz und wenn man den vervollständigt, landen wir genau beim Opfer. „Wahnsinn warum bi i ned dodrauf kemma, aber es warad e zspad gwen wo i mei Bost kriagt hob. Aber i fahr glei nachad hoam und schaug ob i wieda an Briaf kriagt hob."
Krocket eilte nach Haus und tatsächlich fand er im Briefkasten erneut einen Brief des Killers.
In diesem stand: *„Dort wo das Herztal steigt hinauf nimmt das Unglück seinen Lauf."* Krocket informierte sofort die Kollegen und fuhr dann wieder zurück ins Präsidium.
Wieder im Büro versuchten sie gleich die Erkenntnis in ihrem Ortsplan zu verarbeiten. „Oiso, do is der Bong und do steigt as Herztal wiada aufi", sagte Krocket, dabei malte er den designierten Punkt an der Spitze des Herzens. „Ok Michi, wer wohntn do?" „Äh, da wohnt die Frau Amstermann", bekam er zur Antwort. „Guad dann fahrma glei hi und die Streif muas auf jeden Foi verdopid wärn", entschied Steini.

„Da kümmere ich mich noch schnell drum und dann fahren wir los." Michi ging zu seinem Telefon und bat die Zentrale eine weitere Streife zur designierten Opferadresse zu schicken. Dann fuhren alle drei nach Grünwald.
Dort angekommen klingelten sie. Es öffnete eine ältere Dame: „Sie wünschen?" „Grüß Gott, mein Name ist Steininger und das sind meine Kollegen Krockberger und Huber. Wir sind von der Mordkommission. Ist die Frau Amstermann zu sprechen?" „Die gnädige Frau ist beim Frisör." „Sagen Sie, ist Ihnen in den letzten Tagen irgendetwas Ungewöhnliches aufgefallen?"
„Nein, bezüglich was denn? Die erhöhte Polizeipräsenz ist nur Recht in diesen Zeiten und wegen der armen Frauen, die überfallen wurden."
„Genau deswegen fragen wir ja. Hat Frau Amstermann sich in den letzten Tagen mit irgendwelchen Männern getroffen?", fragte Michi die Haushälterin.
„Also während des Tages auf keinen Fall, da bin ich immer hier, aber am Abend ist die gnädige Frau meist alleine. Bis auf die Wochenenden, da kommt ihr Mann nach Hause. Er hat eine große Textilfabrik in Tchechien." „Haben Sie vielleicht ein Foto von Frau Amstermann?"
„Warten Sie einen Moment bitte." Die ältere Dame ging zurück ins Haus. Kurz drauf kam sie mit einem Bild der schönen Frau zurück. „Hier bitteschön, ich hoffe ich bekomme keinen Ärger, weil ich Ihnen das gegeben habe."
„Bestimmt nicht, vielen Dank erstmal. Und melden Sie sich bei uns, wenn Ihnen etwas auffällt", sagte Steini und gab ihr seine Visitenkarte. Auf dem Weg zurück zum Wagen gingen sie noch bei den Streifen-

wagen vorbei. „Servus." „Servus." „Bassts ihr bittschee bsonders auf, mir gämma davo aus, dass die Frau Amstermann das nächste Opfer sein könnte."
„Freili mir hamma ois im Griff", sagte einer der Beamten und griff dabei an seine Waffe. Krocket drehte sich nur um und murmelte „Schnittlauchcowboy." „Hä, des hob i ghärt", rief ihm der eine Beamte hinterher. Krocket ignorierte das und ging mit den Kollegen zum Wagen zurück.
„I denk mir fahrma zum Frisör, oder?" „Gute Idee Steini, dann treffen wir die Amstermann vielleicht dort." Sie stiegen in den Charger und machten sich auf den Weg in die Maximilianstraße.
Als sie die Glastür zum Laden öffneten, machte der Friseurmeister einen mehr als genervten Eindruck.
„Meine Herren, Sie machen mir mein Geschäft kaputt, was wollen Sie denn dauernd?"
„Ist die Frau Amstermann hier?" „Die ist gerade raus." „Wohin?" Der Frisör druckste rum. „Jetzt reden Sie schon, hod an Spezialservice?", fragte Steini mit Nachdruck. „Ja, sie woid wia immer zu dem Wirt am Platzl, dort sei der Treffpunkt."
Die Beamten eilten hinaus und sprangen zurück in ihr Auto. Mit Blaulicht und Sirene trieb Krocket den Charger Richtung Hotel Paladium und dann bis in die Fußgängerzone direkt vors Wirtshaus. Schnell eilten alle drei hinein und griffen sich den nächst besten Ober, dem sie ihre Ausweise unter die Nase hielten.
„Wir suchen die Frau Amstermann, ist die hier, wollte sich mit einem Herren treffen, eher so romantisch", sagte Krocket und zeigte ihm das Foto.
„Ähm meine Herren, wenn Sie diese Dame meinen, die trifft sich hier regelmäßig mit jüngeren Männern. Aber ich muss Sie enttäuschen, die ist bereits weg."

„Und wohin sind die zwei?", fragte Michi aufgeregt.
„Ich kann es Ihnen nicht genau sagen, aber ich glaube die sind ins Paladium hinüber gelaufen.

13.30 Uhr

Wie von der Tarantel gestochen rannten sie Richtung Hotel. Sie wollten das Schlimmste verhindern. An der Rezeption zeigten sie gleichzeitig ihre Ausweise und das Bild von Frau Amstermann. „Wie kann ich Ihnen helfen meine Herren?", fragte die Concierge „Welches Zimmer?", sagte Krocket und packte den Hotelangestellten an seiner Krawatte. „621", sagte der und weg waren die Polizisten.
Sie sprangen in den nächsten Aufzug, fuhren in den 6.Stock und begannen, das Zimmer zu suchen. Als sie davor standen lauschte Michi an der Tür. Von drinnen war Stöhnen zu hören. „Sie lebt noch", sagte er und wie sollte es auch anders sein fragte Krocket seine Kollegen: „Und Gefahr im Verzug, oder?" „Freili, auf gäds." Steini und Michi bezogen Position links und rechts der Türe.
Krocket ging in Position, um sie einzutreten und alle zogen ihre Waffen. Mit einem gezielten Tritt öffnete Krocket die Tür und stand mitten in der Suite. Die anderen beiden kamen hinzu. „Polizei, Hände hoch."
Im Bett lag Frau Amstermann und vor ihr kniete ein junger Mann, dem das Kondom noch halb vom Penis hing. Die Frau zog sich schnell die Decke über. Beide hatten sich offensichtlich vergnügt. „Des issa neda", flüsterte Steini Krocket zu. Als sich alle wieder etwas beruhigt hatten, meldete sich die Dame zu Wort.
„Darf ich fragen was das soll? Sind Sie von allen guten Geistern verlassen?" „Sie sind in Gefahr, Frau

Amstermann. Der Weißwurstkiller ist hinter Ihnen her und wir dachten, Äh." Sie unterbrach Steini sofort. „Sie haben gedacht, was haben Sie denn gedacht, hä?" Jetzt wurde es Krocket zu bunt. „Jetzt mal halblang. Sie bescheißen hier Ihren Mann mit einem Gigolo und wir hetzten uns ab, weil er der Killer hätte sein können und dafür beschimpfen Sie uns auch noch? Sie kommen jetzt beide mit aufs Präsidium und machen eine Aussage." „Also Herr Kommissar, das ist noch wirklich nicht nötig, die Aufregung verstehen Sie." „Also die Aufregung, na gut." Krocket zog ein Bild von Mister Vulkano aus der Tasche.
„Kennen Sie den?" Die Dame wurde rot. Ganz verlegen strich sie mit ihren Finger durch ihr Haar. „Also, ja den kenne ich. Vor ein paar Monaten hatten wir noch regelmäßig Kontakt, dann plötzlich nicht mehr." „Haben Sie immer ein Kondom benutzt?" „Natürlich, wo denken Sie hin. Warum wollen Sie das wissen?" „Der Mann ist HIV positiv." „Um Gottes Willen, deswegen macht er das wohl nicht mehr."
„Wenn er Kontakt zu Ihnen aufnimmt oder Ihnen etwas Ungewöhnliches auffällt, dann melden Sie sich bitte. Und wir würden vorschlagen, Sie gehen jetzt nach Hause und bleiben dort. Das Haus wird von zwei Streifenwagen bewacht, damit Ihnen nichts passiert." Zum Glück befolgte Frau Amstermann den Rat der Beamten und machte sich schnell auf den Weg nach Hause, wo sie auch sicher ankam.

14.15 Uhr

Zurück im Polizeipräsidium sondierten alle drei erst noch einmal die Lage. Frau Amstermann wähnten sie sicher. Das Aussehen des Täters war bekannt, ja sogar

eine, wenn auch nicht nachverfolgbare, Handynummer lag Ihnen vor und sie kannten alle letzten Kontakte des Täters. Da öffnete sich die Türe und Kriminalrat Schmitz kam herein: „Guten Tag meine Herren, ich erwarte sofort Bericht, der Polizeipräsident sitzt mir im Nacken obgleich der erneuten Toten.
Haben Sie bereits eine neue Spur?" Sie berichteten über die neuen Erkenntnisse, doch schien ihr Chef nicht sonderlich beeindruckt.
„Mir reicht das jetzt mit Ihrer Inkompetenz, ich werde das LKA hinzubitten, um eine SOKO einzusetzen. Sie werden dann von dem Fall abgezogen. Nach seiner Ansprache drehte sich Schmitz um und ging wieder hinaus. „Bläda Breiss", murmelte Krocket in sich hinein, da drehte sich Schmitz noch einmal um: „Und Ihre Illoyalität, Herr Krockberger, ist mir schon lange ein Dorn im Auge, nur dass Sie es wissen." Dann knallte er die Tür zu und ward nicht mehr gesehen.
„So a scheiß, i hobs doch gwusst, jetza hetzt da uns as LKA aufn Hoiz", schimpfte Steini. „Der Zipfi der gräislige, soin nur kemma die Deppn, gwiss wiada da Dr. Kronstetter der Voidepp mid seine Profilanalysen und Fischgräten-Diagramme", raunzte Krocket. „Ich habe gehört, die haben da so eine neue, Felicitas Meierhuber soll die heißen, ein echt heißes Gefährt", gab Michi zum Besten. „Host Du ned gnua mit Deina Muichkuah? Ha?", fragte ihn Krocket. „Ich meine ja nur, wollte etwas zur Stimmung beitragen, aber ich kanns auch lassen."

17.30 Uhr

Krockets Telefon klingelte: „Krockberger." „Servus Krocket, da is da Ratzi." „Servus Ratzi, wos gibt's host no was gfundn bei dem Franzacknweib?" „Na i woid di frong obs Rächt warad, wenn Du mi dera Briggs vorstäist." „Wann?" „Jetza vielleicht." „Warum neda, mir kemma eh ned weida und der Schmitz moant ja er muas as LKA ruafa, soi a doch schaung wora bleibt, der Depp der darmische. I hoi di ob und dann fahrma glei hi." Krocket legte auf. „So Burschn i hau jetza ob. Schaugts numoi noch die Streifan, ned dos di schlafan gäi. „Ja machma, servus Krocket, bis moing." „Tschau", sagte Michi. Krocket ging bei der Gerichtsmedizin vorbei, um den Doc abzuholen. „Sauba, fesch bist Doc und riacha duast aa guad, saprament." „Und wia is die so Krocket."
„Mei, d´Briggs hoid, a ganz a Nette." „Ja und wia schaugts aus?" „So wied Kim Basinger mit Mitte 50ge und riesige, na Du woast scho."
„Und moanst di wui wos vo mir?" „Des woas doch i ned. Di is a scho ewig aloa und suacht a Anschluß. Und jetz gib hoid a Ruah, mir fahrma jo äh hi." Sie stiegen in Krockets Charger und fuhren zur Dachauer hinaus. Als sie hineinkamen, begrüßte sie Briggs und Krocket sagte. „Des issa."
„Wia des issa." „Des is unser Doc vo dem i dir verzäid hob." Ratzi traute seinen Augen kaum obgleich des Anblicks. Sonst waren Frauen in seinem Alter eher schon im Zustand eines Lederapfels. Aber dieses Exemplar wollte er unbedingt lebendig obduzieren. „Dann setzns eana doch, Herr Doktor."

„Bittscheh songs doch ned Doktor zu mir, i bin da Ratzi." „Und i d´Briggs."
Ab jetzt war Krocket nicht mehr gefragt. Er war wie Luft für die Turtelnden, so daß sie nicht einmal mehr bemerkten, als er sich selbst ein Bier zapfte. Mehrfach versuchte er, sich von seinen Freunden zu verabschieden, doch die waren irgendwie wie in Trance. Deswegen beschloß er auch, nach dem Bier zu Elvira zu fahren.
Doch zuvor rief er sie an: „Servus Spotzerl." „Hallo Julius, mein Liebster." „I häd jetza Zeid fia Di, wos moanst?"
„Komm doch vorbei, ich mach uns etwas zu Essen und wir können dann in Ruhe über die Details sprechen." „Welche Details?" „Julius ….." „Achso die Hochzeid, freili. Oiso i bin glei do, gä? Pfiadee."
Er legte auf und fuhr Richtung Ostbahnhof. Im Altstadttunnel musste er sich an den letzten großen Fall erinnern. Der Surfer, der im Eisbach ums Leben kam und wie kurios diese Geschichte sich dann entwickelte und dann kamen ihm wieder die Gedanken an seinen alten Camaro. Doch alles war wie weggeblasen, als er das Gaspedal des Chargers durchdrückte und Richtung Isartor abbog.

Wie immer staute es sich an der Kreuzung Rosenheimer Straße, also machte Krocket einen Schlenker nach rechts Richtung Tal und dann gleich wieder eine Wende nach links. Hierdurch ersparte er sich den Stau auf der Linksabbiegerspur. Als die Ampel auf Grün schaltete, lehnte Krocket seinen Kopf auf seine Faust, die vom Ellenbogen auf der Fahrertür abgestützt wurde. Er genoß die Fahrt am deutschen Museum vorbei und dem kurzen Blick auf die Isar.

All das und das wohlige Gefühl der Vorfreude auf
Elvira ließen ihn träumen. Leider wurde der Traum
kurz darauf mit dem lauten Klingeln seines Handys
gestört. „Krockberger." Ein Stöhnen war am Telefon
zu hören.

„Glaubt nicht, Ihr könnt mich aufhalten, ich schnapp
mir alle diese ludernden Weiber, alle, sie sind Schuld
an meinem Schicksal." Dann legte der Killer wieder
auf. Krocket rief sofort bei Michi an. „Servus Michi,
mi hod grod da Brotzeitmörder ogruafa. Er hod drohd
dasa weidamocht. Is drausd z'Greawoid ois ok?" „Ja
Krocket alles ruhig, die Streifen haben sich eben
nochmal gemeldet." „Ja Gott sei Dank."
„Mach Dir keine Sorgen, die haben das schon im Griff
und das Haus Amstermann ist nun sicher wie eine
Festung." „Ok, dann beruhig i mi wiada. Bin bei da
Elvira, wenn nowos is gä?" „Ok passt, bis morgen
dann." Krocket legte auf, doch wenn er gewusst hätte,
welche Ereignisse ihn heute Abend noch ereilen würden, wäre er nicht so entspannt geblieben.
Nachdem er geparkt hatte und bei Elvira klingelte,
öffnete die ihm frohen Mutes. „Hallo Julius, mein
Schatz." Sie fiel ihm um den Hals und er hatte alle
Hände voll zu tun, beide in die Wohnung zu bugsieren."

20.10 Uhr

Nach einem wundervollen Abendessen, Elvira hatte Tafelspitz gemacht, saßen beide noch ein wenig auf der Couch. Doch Krocket fand keine richtige Ruhe. Er rutschte hin und her und dann beschloß er nochmals nach den Streifen zu fragen. Hierzu rief er in der Zentrale an: „Krockberger, i brauch die Streife in Grünwald, die vor dem Haus Amstermann stehen, kennts Ihr mi verbindn?" „Moment." „Herr Krockberger, da meldet sich niemand." „Schicksts ma sofort a SEK naus. I mach mi aufn Weg. Da es wohl um Leben und Tod ging, sprang er auf, schnappte seine Jacke und rannte ohne ein weiteres Wort zu seinem Wagen. Auf dem Weg hatte er noch Steini und Michi alarmiert, die sich nun auch auf den Weg nach Grünwald machten.

20.45

Krocket erreichte als erster sein Ziel. Er sprang aus dem Wagen und ging zügig aber mit Bedacht auf die Streifenwagen zu. Sie waren leer. Im Haus Amstermann brannte kein Licht mehr, alles war dunkel. Eine angsteinflössende Atmosphäre. Er holte eine Taschenlampe aus dem Wagen und zog seine Waffe. Natürlich wartete er, wie immer, nicht auf die Verstärkung, sondern machte sich gleich auf den Weg zum Haus. Die Taschenlampe hielt der dabei unter den Schaft seiner 44er. Nichts war zu sehen, weder draußen noch am Eingang konnte er irgendetwas erkennen. Als er die drei Stufen des Portals hinauf stieg, bemerkte er, dass die Türe nur angelehnt war und er sie nur aufschubsen musste.

In dem Moment, als er dies tun wollte kamen auch
schon Steini, Michi und das SEK daher: „Wärst woi a
moi wartn kenna, ha?", knurrte Steini ihn an. „Jetza
seids ja do und ois is ok."
Das SEK postierte sich in Angriffsformation hinter
den drei. Krocket zeigte mit seinen Fingern an, dass
sie bei drei stürmen wollten und so machte er eine
Faust und stellte einen Finger nach dem anderen auf.
Beim Mittelfinger öffneten sie die Tür und traten ein.
Die Beamten der Spezialeinheit schwärmten sofort
aus und die Mordermittler gingen wie immer als erstes
in die Küche. Dort bot sich das gleiche Bild wie immer und auch das SEK konnte nur noch die tote Frau
Amstermann finden. Doch wo waren die vier Beamten
der Streifen. „Michi sog da Spusi und am Doc
Bscheid, dass kemma soin."

„Alles klar, mach ich." Steini instruierte das SEK
nach ihren Kollegen zu suchen. Sie bildeten Trupps
und machten sich gleichzeitig auf den Weg in alle vier
Himmelsrichtungen. Krocket steckte sich eine Zigarette an. Hatte er die Situation unterschätzt?
Plötzlich hörte er ein Klopfen und forderte alle andern
auf, still zu sein. Dann erneut, ein Klopfen hinter der
Treppe. Gleich eilte er hinüber auf die andere Seite
der Empfangshalle und sah unter dem Treppenaufgang eine Türe, die offensichtlich in den Keller führte.
Er öffnete und die ersten Augen, die er sah waren die
eines der Streifenbeamten. Er nahm ihm den Knebel
ab und der berichtete was passiert war. Der Killer
hatte einen nach dem anderen aus dem Wagen gelockt
und dann betäubt. Was dann geschah, wusste er nicht
mehr, aber die anderen Kollegen lagen ebenso unten
im Keller.

„Gott sei Dank, sie sand ok", rief Krocket dem Rest zu. „Michi ruaf as SEK zruck, die kennan aufhärn mid suacha." „Ok, mach ich:"

22.15 Uhr

Erschüttert verließen die drei Spezialisten den Tatort. Sie hatten es immer noch nicht geschafft, den Killer zu fassen. Viele erdrückende Fragen gingen ihnen durch den Kopf. Waren sie vielleicht wirklich nicht im Stande so einen Fall zu lösen? Sollte das LKA doch der bessere Wegs ein und könnte die Kooperation neue Fortschritte bringen? In der Wörthstraße wartete Elvira bereits auf Krocket: „Und? Warst Du noch rechtzeitig da?" „Na, die Frau is doud." „Mann, schon wieder eine, was wollt Ihr denn jetzt tun?" „Mir hamma grod koan Plan, sorry." So kannte man Krocket nicht, ähnlich wie bei der Geschichte mit der Schusswaffe, wo er konsterniert mitten in einer Kreuzung stehen geblieben war, ging er nun wie ferngesteuert ins Wohnzimmer und setzte sich.

Freitag, 3.9., 2.30 Uhr

Elvira konnte nicht schlafen, denn ihr Liebster saß immer noch alleine im Wohnzimmer und grübelte was man tun solle. Da kam ihr eine Idee undsie stand auf und wollte Krocket ihren Plan erklären.
„Julius, ein potentielles Opfer gibt es noch, oder?"
„Ja, zumindest wasd Listn von die Fraun und des Herz ogäd." „Die könnten wir also noch retten.Weißt Du, ich habe mir da etwas überlegt. Ich könnte doch den Lockvogel spielen und in die Rolle von der Dame schlüpfen. Dann braucht ihr mich nur zu überwachen und wenn der Killer kommt, schnappt die Falle zu."
„Spinnst jetza scho a wenig oder?" „Du und Lockvogel, des wui i neda." „Mei, Julius das ist vielleicht die einzige Chance, die wir haben und Du passt doch auf mich auf." „Trotzdem, des gibt's neda, bassta."
„Jetzt hör mal, ich bin auch Polizeipsychologin geworden, um Verbrechen aufzuklären und diesmal mach ich das halt etwas anders. Außerdem bin ich ja wohl alt genug, um selbst zu entscheiden, oder?" „Du entscheidst garnixi, klar." „Wir sind noch nicht verheiratet, Du hast mir nix zu sagen, ich spreche morgen mit Steini und Michi, Du wirst schon sehen, gute Nacht."
Richtig schlafen konnten beide nicht und als der neue Tag anbrach, versuchten sie sich erst einmal aus dem Weg zu gehen. Kein Wort, kein Kuß, nur einen Kaffee, der beschwiegen wurde.

Plötzlich packte es Krocket und er riß Elvira an sich und drückte sie ganz fest. „I dad in meim Lebn nimma froh werdn, wenn da ebs bassiern dadad.[25]" „Du passt doch auf mich auf und die anderen auch."

9.30 Uhr

Im Büro der Mordermittler wollte Elvira den anderen Kollegen ihren Plan erklären.
„So d'Elvira mächt Eich wos song, i bin ned begeisdad, aber sie moant s'dad uns weidabringa", trotzte Krocket.
„Ich stelle mich als Lockvogel zur Verfügung." „Du meinst, Du gehst zum Frisör und bestellst Dir einen Gigolo", scherzte Michi. Krocket zeigte ihm einen Vogel.
„So ungefähr, ich werde zum Frisör gehen und auch einen Termine mit der Gigolo-Agentur vereinbaren, aber als eine Freundin der ehemaligen Kundinnen von unserem Killer. Ich ziehe einfach in das Haus von dem möglichen letzten Opfer. „Der kennd di Frau doch, des macht koan Sinn", widersprach Steini.
„Das ist schon klar, aber wir ergänzen den Namen an der Klingel und wenn gar nichts hilft, ruf ich den halt direkt unter der Prepaid-Nummer an und sage ich habe die Nummer von dem potentiellen Opfer und wohn da eine Zeit, weil sie im Urlaub ist oder so."
„Die Idee ist ja nicht schlecht, aber ist Dir klar was für ein Risiko Du da eingehst, Elvira", sorgte sich Michi.
„Aber Ihr seid doch da und Ihr könnt mich verwanzen und bevor etwas passiert greift Ihr ein."

---

[25] Ich würde in meinem Leben nicht mehr froh werden, wenn Dir etwas passieren würde

"Im Gang hörte man immer lauter werdende Geräusche. „Härstas scho, des sand die LKAler. I glab mir schleichma uns, oder?", fragte Krocket. Als die Beamten Richtung Tür gingen, fragte Elvira nochmals: „Machen wir das jetzt, oder nicht?" „Mir denkma drüber noch", sagte Steini. „Nein, Ihr sagt mir das jetzt, sonst mach ich das alleine." „Jetza härst zum spinna auf, i hob da doch scho gsagt des wärd nix", schimpfte Krocket. Beleidigt zog sie ab.
„Jetza is wegga", sagte Steini. „Mei, die fangt si scho wieda. Und mir machma jetza des wos ma imma macht, wenns LKA kimmt." „Genau mir gämma in Biergartn." „Bitte Kollegen, ist das denn der richtige Weg?", fragte Michi. „Freili, so langs nix wissn, kennas a ned stärn." Als sie gerade auf den Hof kamen, sahen sie wie Elvira davon fuhr. „Moanst die macht jetza ernst?" „Scheiße, i glab scho, hinterher."
Die drei sprangen in Krockets Wagen und folgten ihr. An der ersten Kreuzung stellte Krocket den Charger quer vor ihren Wagen, stieg aus und riß ihre Tür auf. „Spinnst Du, i hob gsogt, Du lasst den Kas sei." „Du kannst mich mal." Sie schlug ihre Tür wieder zu und fuhr auf Krockets Liebling zu. Im letzten Moment stellte sich Krocket zwischen Elviras und seinen Wagen. „Ok, Du host mi, ziang mas durch."
Steini und Michi kamen dazu und hinter Ihnen bildete sich schon ein Stau und die nervösen Fahrer begannen heftigst zu hupen.
„Äh Krocket, vielleicht fahrma jetza weida, wos moanst?", fragte Steini. „Oiso, mir fahrma olle zur Elvira und besprächma den Plan, ok?"
„Ok Julius, und ich sag den Termin beim Frisör erst noch mal ab."

Krocket machte die Straße frei und alle fuhren zu Elvira in die Wörthstraße.

11.00 Uhr

Als sich alle in Elviras Wohnzimmer versammelt hatten, holte sie erst einmal Papier und Stifte. Sie begannen einen genauen Ablaufplan zu erarbeiten. Danach erstellten sie zur Absicherung Checklisten, die Fehler vermeiden sollten. Im Wesentlichen war der Plan: Elvira wird verwanzt und im Frisör sollte eine Webcam installiert werden. Elvira sollte sich einen Termin mit Spezialbehandlung geben lassen. Frau Helmberger wollten sie evakuieren und an einen sicheren Ort bringen. Ein Deckname sollte unter den Namen von Frau Helmberger geklebt werden. Wenn sich in den ersten Nächten nichts tun sollte, würde Elvira den Killer direkt anrufen.
Die ganze Aktion sollte im Geheimen ablaufen. Sie konnten also mit keinerlei Unterstützung von SEK oder anderen Kollegen rechen. Maximal die Streifenbesatzung in Grünwald könnten sie eingreifen lassen.
„Oiso Michi, konnst Du des ganze Zeig bsoang und gäh zur Bereitschaft und bsorg a Westn fiad Elvira", sagte Krocket. „Wie sieht denn das aus, das merkt doch jeder." „Keine Widerrede." „Ok, dann mach ich mich auf den Weg. Ich melde mich, wenn ich alles habe und dann treffen wir uns wieder." „Ok, i sog dem Frisör Bscheid, dass ebba kimt der ausschaugt wira Techniker vo da Bost und wos installiert", ergänzte Steini. Dann rief er im Hotel Paladium an und versuchte, ein Zimmer für Frau Helmberger zu bekommen.

Michi fuhr los und der Rest begann darüber zu diskutieren, was Elvira anziehen sollte und wer wann wie auf sie aufpassen würde. Noch am gleichen Nachmittag schaffte Michi es, die Webcam, als Techniker getarnt, bei Chez Charlie zu installieren.
In Steinis Wagen hatten sie den kleinen Monitor, um zu sehen, was im Laden los war und Elvira bekam ein kleines Mikro verpasst, um immer Kontakt zu ihr zu haben.
Sie hatte sich einen Termin um 17.30 Uhr geben lassen und gleichzeitig den Spezialservice bestellt. Krocket tobte vor Wut, sie könnte auf die dumme Idee kommen mit dem Gigolo rumzumachen.
Nachdem Michi mit den technischen Einbauten in Steinis Wagen fertig war, sollte er noch nach Grünwald fahren und Freu Helmberger überrreden, ihr Haus zu verlassen. Die war natürlich nicht sehr begeistert: „Was glauben Sie, wer Sie sind? Ich bleibe hier, kümmern Sie sich doch um meine Sicherheit."
„Nein Frau Helmberger, bitte verstehen Sie uns doch, Sie sind in akuter Gefahr und alle bisherigen Sicherheitsmaßnahmen haben nicht geholfen."
„Na und, dann strengen Sie sich mal mehr an. Immerhin ist mein Mann ein guter Steuerzahler und davon wird ja wohl auch Ihr Gehalt bezahlt." „Na gut, dann ruf ich jetzt Ihren Mann an und erkläre ihm die Situation." „Wie meinen Sie das?"
„Naja, wenn er bezahlt, soll er auch entscheiden." Die Frau drehte sich um nahm ihre Jacke und sagte nur noch: „gehen wir." An der Zufahrt klebte Michi noch Elviras Namen unter die Klingel und nahm Frau Helmbergers Schlüssel an sich. „Und wo fahren Sie mich jetzt hin?"

„Was halten Sie vom Hotel Paladium, das sollten Sie ja schon kennen, nicht wahr." „Wie Sie meinen, dann halt ins Paladium."
Als Michi sie dort abgegeben hatte, stellte er sein Auto ab und stieg zu Steini und Krocket in den Wagen.

17.45 Uhr

Der Chef selbst übernahm Elviras Hairstyling. Sichtlich wohl fühlte sie sich bei dem noblen Frisör auf Grund der angespannten Situation aber nicht.
Steini und Krocket saßen vorne im Wagen und Michi hinten in der Mitte und lehnte zwischen den Vordersitzen hindurch.
Kroket starrte wie paralysiert auf den kleinen Monitor, als Michi plötzlich fragte: „Was ist denn das da hinten?" „Wos?" „Na da schaut doch mal" „I häd denkt des is dei Kamera", sagte Steini. „Nein, die ist nicht von mir." „I schick da Elvira a SMS, sie soi an Bader frong." Eilig tippte Krocket auf seinen Handy rum und kurz drauf bekam er die Antwort: „Hat sich selbst gewundert, weiß nichts davon." „Dann beobachtet er uns", sagte der junge Beamte. „I schreib da Elvira, sie soi auffällig mid dera Kartn vo der Gigolo-Agentur rumwirbeln, dass da Killer des auf jeden Foi sägt."
Als der Frisör mit Föhnen fertig war, zeigte er ihr das Ergebnis noch von hinten im Spiegel und ging dann zur Kasse. Dort drückte er ihr die Karte der Agentur in die Hand und Elvira fuchtelte mit dieser rum.
Dann verließ sie den Laden, um zum Treffpunkt zu gehen. Wie immer war dies das Wirtshaus am Platzl, nur unweit des Paladium-Hotels.

Die Kollegen folgten ihr bzw. Krocket und Michi folgten ihr und Steini kam langsam mit dem Wagen hinterher.

Elvira setzte sich an einen freien Tisch und die zwei Beamten an einen anderen. Sie taten so, als wollten sie Brotzeit machen. Einige Minuten später kam ein junger, hübscher, gut gekleideter Mann hinein und fragte nach einer einsamen Dame. Der Kellner zeigte ihm den Tisch von Elvira und er zeigte ihr eine Rose. Sie winkte ihn zu sich. Er begann sehr schnell, ihr Honig um den Mund zu schmieren und ihr ein Kompliment nach dem anderen zu machen.

Bei einem Glas Champagner wollte er, dass sie wohl lockerer wird. Krocket und Michi hörten das Gespäch mit ihren Ohrstöpseln mit. „Wos fira Schleimer, pfui Deifi." „Jetzt Krocket, der macht doch nur seinen Job." Elvira und der designierte Lover stießen an und tranken Bruderschaft, danach gab er Elvira einen Kuß auf den Mund. Krocket kochte und ballte vor Wut die Fäuste unter dem Tisch. „Sie soi eam song, dass des a Polizeiaktion is und nix lafft zi fix." „Dann fliegen wir doch auf Krocket, jetzt beruhig Dich wieder. Elvira macht das schon."

20.15 Uhr

Elvira bezahlte und sie brachen auf ins Paladium-Hotel. Krocket und Michi folgten ihnen. Steini brachte den Wagen hinterher.
Im Hotel wurden sie bereits freundlich empfangen. Der Gigolo bestellte eine Flasche Champagner und sie gingen gleich aufs Zimmer. Die Zimmernummer hat-

ten die Beamten mitgehört und folgten ihnen. Als die Tür zu fiel, sah Krocket nur noch kurz den Rücken seiner Liebsten und sie mussten draußen in Stellung gehen, sollte der Killer auftauchen. Im Zimmer begann der Gigolo sein Hemd auszuziehen und zeigte Elvira verschiedene Kondome und fragte, welches sie gerne nehmen wolle.

„Pass auf mein Junge, das ist ein getarnter Polizeieinsatz, hier läuft nix. Wir warten jetzt zwei Stunden und dann gehen wir wieder auseinander."
„Wie bitte, was soll denn der Scheiß, komm zieh Dich aus." Er ging auf Elvira zu und wollte ihren Reissverschluss am Kleid öffnen. „Lass das sein, draußen warten meine Kollegen." „Du willst doch genau das oder, das ist Dein Spiel." Elvira trat einen Schritt zurück und versetzte dem aufdringlichen Mann einen Tritt in sein wichtigstes Werkzeug. „Auaaaaaa, spinnst Du", sagte er nur und sackte zusammen.„Ich hör ja auf, is ja schon gut."
Um 22.00 Uhr saß der Gigolo vor dem Fernseher und Elvira wartete auf dem Bett, dass sie endlich gehen könnten. „Krocket, wir brechen jetzt ab", sagte sie ins Mikro, stand auf und gab dem jungen Mann die vereinbarten 500€. „So einfach haben Sie ihr Geld noch nicht verdient was, und nichts für ungut. Das Zimmer ist die ganze Nacht reserviert, also viel Spaß noch mit dem angebrochenen Abend." Elvira ging hinaus und fuhr ins Erdgeschoß. Sie wollte sich, wie vereinbart ein Taxi nach Grünwald nehmen. Die drei folgten ihr in Steinis Wagen.

Am Haus angekommen gab sie dem Taxifahrer sein Geld und öffnete die Einfahrt mit dem Schlüssel, den ihr Michi gegeben hatte. Gruselig war ihr bei dem Gedanken, der Killer würde sie überfallen.

Als das Tor schon fast zugefallen war huschten ihre Bewacher gerade noch hinein. Wie vereinbart öffnete Elvira die Terassentür, so dass die drei möglichst unauffällig zu ihr hineinkämen. Elvira ging ins Schlafzimmer und legte sich angezogen ins Bett, Krocket folgte ihr und versteckte sich im angrenzenden begehbaren Kleiderschrank. Steini deckte die Terassentür und Michi den Eingang.

Samstag, 4.9., 3.00 Uhr

Nichts passierte und die Zeit des Täters war nahezu abgelaufen, als sie ein Geräusch im Wohnzimmer hörten. Michi lief hinüber und schaltete das Licht ein „Halt Polizei!", riefen beide. Krocket hörte das und lief auch hinunter. Dort sahen sie nur noch, wie offensichtlich die Katze des Hauses einen riesen Schrecken bekommen hatte. „I glab, der kimt heid nimma", sagte Steini. „I moan a." „Dann brechen wir ab?", fragte Michi. „Na ned wirklich, aber i glab Ihr kennts Eich a wenig hileng und i gäh zur Elvira auffi." „Ok, dann machma des", sagte Steini.
Die zwei einsamen Beamten legten sich auf die riesige Couch und dachten an ihre Liebsten. Krocket ging zu seiner Liebsten und legte sich zu ihr ins Bett. „Finger weg Julius, Du glaubst doch wohl nicht, dass ich jetzt mit Dir, Julius.. nichts da, lass das. Du hast doch einen Vogel, wie stellst Du Dir das vor?"

Er ließ von ihr ab und drehte sich auf die Seite. „Elvira i hob heid so Angst um Di ghobt." „Aber es ist ja nichts passiert. Wir schaffen das schon."
Sie lagen noch etwas wach und schliefen dann ein.
Am Morgen weckten sie die Vögel und die Sonne schien in Frau Helmbergers Schlafzimmer.
„Gu Moing Spotzerl, aufsteh a neia Dog." „Guten Morgen Julius." Sie standen auf und zogen zumindest die wenigen Sachen wieder an, die sie ausgezogen hatten.

Im Wohnzimmer warteten Michi und Steini bereit mit einem Kaffee auf sie.
„Servus, grias Eich." „Servus Krocket." „Servus."
„N'Wort mit X, war wohl nichts", sagte Michi. „Ich denke, ich versuche mir heute ein Date mit dem Burschen zu machen, bevor noch mehr Zeit ins Land geht und der Schmitz wird Euch nicht mehr lange in Ruhe lassen. „I bin ma immer no ned sicher, ob d so a guade Idee is", sagte Krocket. „Hat jemand eine bessere?"
Sie schaute in fragende Gesichter.

9.15 Uhr

Zurück im Präsidium plagte sich Krocket immer noch mit Zweifeln, doch Elvira ließ nicht locker. „Michi, gib mir die Nummer von dem Typn." „Äh Krocket, soll ich?" „In Gotts Namen, gibs ihra scho, aber schliass den Recorder o, i wui das des aufzeichnet wird und gib a Handyortung ei, vielleicht reissma jo do no wos." Gesagt getan und kurz drauf hörten sie den Ton eines ausgehenden Anrufes. „Ja Hallo?" „Ähm Hallo, ich bin eine Freundin von Frau Helmberger, sind Sie Mister Vulkano?" „Warum wollen Sie das wissen?" „Sie ist im Urlaub und hat Sie wärmstens empfohlen. Ich passe gerade auf ihr Haus auf." „Ja, wenn das so ist, heute Abend?" „Ja heute Abend so um 21.00 Uhr in Ordnung? Die Adresse kennen Sie?" „Die kenn ich, kein Problem."
Beide legten auf und es lief Ihnen eiskalt den Rücken hinunter. „Und Michi, host wos?", fragte Steini.
„Nein, München Innenstadt und für etwas Genaueres war das Gespräch zu kurz."
Die Tür ging auf und Kriminalrat Schmitz kam mit zwei Kollegen vom LKA hinein.

„Meine Herren, seit zwei Tagen wartet das LKA auf ihre Berichte, sind Sie denn vollkommen wahnsinnig geworden. „Äh Chef ein Notfall, wir müssen schnell weg, bis später dann." Alle vier liessen Schmitz und die LKA-Leute stehen und verschwanden.
Bis zum Abend wollten sie im Haus Helmberger alles vorbereiten.

Elvira fuhr alleine in ihrem Privat-PKW nach Grünwald und die drei Bamten folgten ihr. Erneut ging sie durch die Vordertür hinein und ihre Beschützer kamen über die Terrasse.

Diesmal installierte Michi Überwachungskameras, die er sich bei den Kollegen ausgeliehen hatte. Eine im Hof, eine für den Garten, eine in der Küche und eine im Schlafzimmer. Die Galerie im ersten Stock gestalteten sie so um, dass man die Monitore nicht sehen konnte. Michi postierte sich damit hinter einer alten großen Kommode. Im Wohnzimmer verschoben sie die Sessel und die Couch so, dass man jederzeit alles im Überblick hatte und im Ernstfall zugreifen konnte.

11.30 Uhr

„Mahlzeit", sagte Krocket. „Habts Lust auf a boar Weiße?" „Na danke, Krocket." „Julius, Du bist einfach nur bescheuert." „I häd ja nur gmoant, hobts koan Hunger?" „Also ich nicht, bin viel zu aufgeregt" sagte Elvira. „Na merci." „Für mich auch nichts, danke."
Die Zeit verging überhaupt nicht und das Adrenalin ließ ihre Nerven immer mehr anspannen. Krocket lief auf und ab, rauchte eine nach der anderen.

Elvira lackierte sich zum dritten Mal die Fingernägel und Steini spielte mit der Fernbedienung vom Fernseher, wo außer irgendwelcher Hausfrauensendungen auch nichts lief. Michi kontrollierte immer wieder seine Technik. Dann neigte sich der Tag endlich dem Ende zu und um 20.50 Uhr bezogen alle Position, doch nichts passierte.

Um 21.15 Uhr bekam Steini einen Anruf. „Hier spricht die Zentrale, wir haben wieder einen Überfall in Grünwald, Pestalozzistr. 8b." „Mir kümmern uns drum." „Leid, er hod wiada zuagschlong, mia miasma los." „Der hat uns doch voll verarscht, oder?" „Zifix, des hädma mir spanna miassn", fluchte Krocket.
„Oiso Spotzerl, entspann Di, der kimd ned, der hod heid scho."
„Lasst Ihr mich jetzt allein?"
„Ja, es hat ums Eck einen Überfall gegeben. Die Streifen stehen ja noch vor der Tür und der kommt jetzt nicht mehr zu Dir, da bin ich mir sicher", versuchte Michi sie zu beruhigen.

Die drei Mordermittler stiegen in ihr Auto und fuhren zur Pestalozistraße. Da es bereits dunkel war, nahm jeder seine Taschenlampe und versuchten, zum Haus zu gelangen. Nichts zu sehen. Alles Finster. Sie gingen einmal ums Haus herum und leuchteten hinein. Es stand leer, niemand da. „Jetzt hoda uns richtig verarscht", schrie Krocket und rannte zum Wagen.
Die zwei anderen hinterher.

Mit quietschenden Reifen fuhren sie zurück. Am Haus angekommen, rief Steini die Streifenbeamten zu sich und ließ sie ins Haus. Krocket stürmte in Schlafzimmer, wo der Killer schon zu Gange war. Elvira wehrte sich wo sie nur konnte gegen das Tuch mit dem Chloroform. „Hände hoch, Polizei!", rief Krocket, doch der Täter ließ sich nicht beeindrucken. Dann griff er selbst ein und versuchte den Kampf von Elvira abzuwenden, dabei zeriß ihr Seidennachthemd. Krocket kämpfte wie ein Löwe, doch der Killer war zu stark für ihn. Steini und Michi kamen hinzu. Krocket rief nur „Jetzta schias hoid, der Deifi[26] is furchbar stark." „I hob koa freies Schussfeld, sorry." Beherzt griff sich nun Elvira Krockets Waffe, entsicherte sie und schoss dem Killer erst in den Kopf und dann zweimal in die Brust. Krocket sackte zusammen.
Elvira war eine Heldin. In ihrem zerissenen Seidennachthemd mit Krockets 44er wirkte sie wie eine Amazone, die gerade vom Kampf zurückkam. Sie setzte sich auf das Bett und ließ die Waffe auf den Boden fallen. Michi und Steini richteten derweil Krocket wieder auf und draußen begann das TamTam der Polizei. Großes Aufgebot mit voller Christbaumbeleuchtung. Dabei auch Kriminalrat Schmitz und das LKA.
Krocket ließ sich von seinen Kollegen stützen und Elvira schwang sich ein Laken um die Schultern, so verließen sie das Haus. Draußen kamen ihnen die anderen Beamten entgegen.

---

[26] Teufel

Alle drei ignorierten ihren Vorgesetzten und würdigten das LKA keines Blicks. Elvira drückte Schmitz Krockets Waffe in die Hand und schlich ihnen dann weiter hinterher.
Erleichtert stiegen sie in den Wagen und fuhren zum Präsidium, wo dann jeder seines Weges ging. Also Steini nach Hause, Michi zu Jenny und Krocket mit Elvira in die Wörthsstraße.

Sonntag, 5.9., 9.30 Uhr

Wie tot hatten beide geschlafen, und nun lachte der Münchner Himmel blauweiß. „Gu Moing Spotzerl.[27]" „Guten Morgen, Liebster." „Jetzt mag ich ein Weißwurschfrühstück." „Supa, des machma, aber vorher..." Krocket verschwand unter der Decke und Elvira kicherte nur noch. Alle waren zufrieden. Steini konnte sich endlich wieder um seine Familie kümmern. Michi fuhr mit Jenny in ein verlängertes Wochenende. Aber da war doch noch etwas ….

An der kleinen Kneipe in der Dachauer Straße hing ein Zettel: *Wegen Betriebsurlaub geschlossen*'. Briggs war nämlich kurzerhand mit dem Doktor nach Mallorca abgehauen und sie verbrachten eine wunderschöne Zeit. Krocket hatte mit seiner Vermutung vollkommen Recht, dass sie gut zusammenpassen würden. Münchens heile Welt war also wieder hergestellt und das sollte auch so bleiben, bis es wieder heißt: „Auf gäds Krocket, mia ham an Foi."

---

[27] Spatzilein